COLLECTION FOLIO

Jean-Philippe Arrou-Vignod

Le conseil d'indiscipline

Gallimard

Jean-Philippe Arrou-Vignod est né en 1958 à Bordeaux.

Il a obtenu le prix du Premier Roman en 1984 pour *Le rideau sur la nuit*. Depuis, il a publié plusieurs romans et essais. Il est professeur de français et dirige la collection Page Blanche chez Gallimard.

Pour Patricia
Pour Bernard C.
et Catherine G.

« SAGITTAIRES :

Travail. Vous allez commettre une petite erreur de psychologie qui sera sans importance. Au contraire, cela vous permettra de mettre les choses au point avec une de vos collègues. »

Maxi,
« Les Astres et Vous »

8 heures
Début des classes

Il faisait nuit.

Dans la cour faiblement éclairée, des colonnes d'élèves piétinaient devant l'emplacement de leur classe, indifférents à la pluie qui tourbillonnait autour des lampadaires. Des fenêtres s'allumaient dans les étages, dessinant les façades d'un vaste bâtiment de brique sombre où grelottait la cloche de rentrée.

Puis Beaujeu remontait un long couloir, repoussait des portes qui battaient en grinçant. De chaque côté, des départs d'escaliers, des bifurcations, des groupes qui se croisaient, conduits par un adulte en blouse de tergal. À la tête de ses propres troupes, Beaujeu gagnait sa salle, à peine surpris de la trouver ouverte. L'interrupteur à main droite : le néon au-dessus du tableau tintait en clignotant, éclairant à coups d'ailes jaunes l'alignement des tables, les chaises disposées deux par deux, le bureau poudré d'une fine pellicule crayeuse sur laquelle il jetait son cartable.

Jambes écartées, il dirigeait l'installation, recevait des mains du délégué l'épais cahier de textes à couverture bleu nuit, la feuille d'absence. Le stylo à la main, dominant le vacarme des chaises déplacées, les murmures, il commençait l'appel du matin.

« *Armand... Azzédine... Bijot... Colin...* »

Quelque chose survenait alors. Était-ce le léger flottement qu'il devinait, le premier rire étouffé, les coups de coude ? Soudain il découvrait avec horreur qu'il avait gardé sous sa veste de tweed son pantalon de pyjama, le vieux pyjama à rayures tire-bouchonné aux genoux dans lequel il avait dormi, avec sa braguette bâillante, son feu de plancher, les chevilles blanches et nues dans des chaussures de ville...

Le reste s'était perdu dans une explosion de rires et de sifflets, le jetant à bas de son lit, hirsute et ruisselant, tandis que le tic-tac du petit réveil lumineux à son chevet semblait singer les battements convulsifs de son propre cœur.

C'était le rêve rituel des veilles de rentrée des classes. Un cauchemar d'écolier hérité de l'enfance qui le poursuivait dans l'âge mûr, ranimant d'anciennes terreurs qu'il aurait crues éteintes, la résurgence tardive de quelque maladie infantile qui le frappait hors de saison.

Se décidait-on jamais à grandir ? À quel moment précis passait-on véritablement de l'autre côté ? Le ciel bas, plombé, la petite pluie verglacée de ce matin de décembre étaient comme le prolongement de son rêve : un espace vide, sans profondeur ni direction, dans lequel il s'enfonçait à grands pas, le col de son pardessus relevé et poussant devant lui de minuscules nuages de vapeur blanche.

Il aurait dû prendre ses gants, songea-t-il.

Il avait toujours détesté les départs précipités. Dans la salle de bains, il s'était aspergé d'un échantillon d'après-rasage trouvé sur l'étagère, et l'odeur agressivement virile de sa propre peau lui donnait la déplaisante sensation de flotter dans des habits d'emprunt. Le loden couleur crème brûlée, les pantalons de velours confortables qui commençaient à pocher aux genoux, les chaussures à glands de cuir — à qui appartenait ce classicisme provincial d'homme mûr habillé par Thiery & Sigrand ? Le visage régulier, les cheveux courts, tout juste dégarnis en haut du front, qu'il apercevait dans le reflet d'une vitrine étaient ceux d'un étranger, un inconnu de quarante ans aux allures de jeune homme sage, éternellement entre deux âges, un vieil adolescent qu'on eût vu aisément arborer la cravate jaune et or d'une école prestigieuse, hâtivement serrée au col par un nœud qui datait de ses années d'étudiant.

Toute une part de lui-même était restée définitivement fixée à ce temps-là. Époque la plus saillante de sa vie d'homme. Car il avait fait des études brillantes, fréquenté les lieux les plus prestigieux — une khâgne cotée de province, Normale Sup —, passé l'agrégation en se jouant, et à un rang très flatteur. Les meilleures années, se disait-il souvent, dont les vestiges s'entassaient sur le rayonnage supérieur de sa bibliothèque à la façon de petits édicules druidiques dédiés à un culte aujourd'hui disparu. L'époque des opuscules hermétiques, de la critique structurale, du modernisme post-hégélien, l'époque des Barthes, Blanchot, Bataille et des menus minimalistes dans les restaurants grecs du quartier Latin... Puis, les concours passés dans l'euphorique émulation d'une compétition sportive, il y avait eu la première nomination dans un collège de banlieue, la chute vertigineuse — cette impression de tomber des hauteurs d'une petite élite athlétique et bien entraînée dans les vestiaires d'un club de troisième division.

La même année, il avait épousé Catherine, rencontrée sur les bancs d'un cours de stylistique médiévale. Elle avait vingt-deux ans, le front lisse et bombé, des ballerines couleur cerise, une manière virginale de lui serrer la main quand ils se voyaient. Patiemment, il avait attendu l'échéance des partiels de printemps, un bel après-midi de pluies diluviennes où des pétales de soleil éclaboussaient d'or fané les motifs du couvre-lit indien. Abrités dans sa chambre de garçon, il l'avait déshabillée, bouleversé de découvrir sous la maille de son pull en jersey le grain souple d'une peau fraîche et fluide comme de la farine... Les premiers temps de leur mariage, l'installation dans un petit studio surchargé de plantes vertes, de coussins de soie et de pots-pourris odorants, la naissance de Mathilde, celle de Lucie bientôt, trop tôt peut-être, le déménagement dans un appartement plus vaste que Catherine s'était hâtée à nouveau de surcharger de meubles anciens, de plantes et de coussins de soie — tout s'était enchaîné très vite. L'empressement de Catherine à peupler leur ménage l'avait précipité dans une spirale grisante, reléguant au second plan les promesses déçues de sa carrière.

Aujourd'hui, quand on l'interrogeait, c'était l'expression désinvolte et légèrement péjorative de ses propres élèves qu'il adoptait, il s'en rendait compte, pour avouer qu'il était « prof ». Non pas maître de conférences, ni mandarin, pas même chargé de cours dans une obscure université de province : simplement *prof*. Et cette mention, chaque fois, provoquait chez l'interlocuteur un recul légèrement apitoyé, cette sorte de gêne avec laquelle on découvre qu'un fils de bonne famille n'a jamais pu dépasser les limites du certificat d'études.

La veille, par exemple, lors du rituel déjeuner dominical à Fontainebleau, chez les parents de Catherine.

Bob (le frère de Catherine, mâchouillant son havanito comme un bâton de réglisse) : « Prof ? Un métier formidable ! Rester en contact avec la jeunesse, toute cette vie qui bouillonne ! »

Beaujeu (louchant sur le décolleté de Catherine, la diction rendue légèrement pâteuse par le bordeaux du beau-père qu'il vient de siffler sans mesure) : « Les maladies infantiles, les verrues plantaires, le suicide des ados...

— Quelquefois, sincèrement, je t'envie tout ce temps libre, ces vacances... Allez, combien ? Cinq mois ? Six ? La voilà, la vraie vie. Mes trois semaines doivent te faire rigoler. Tiens, tu sais ce que je ferais si j'avais deux mois l'été ? Un bouquin. J'écrirais un bouquin.

— On en trouve en grandes surfaces, avec de gros caractères.

— Remarque, je me connais : je m'ennuierais assez vite. C'est vrai, peux jamais rester en place, moi. Il faut que je bouge, que je retrousse les manches. Le genre suractif, quoi. Sérieusement, Philippe : tu sais ce qui vous manque à vous, les profs ?

— Une Safrane. Intérieur cuir.

— Le sens des réalités, Philippe. *Le sens des réalités*. D'accord, vous formez des jeunes. Mais qu'est-ce que vous y connaissez, à l'entreprise, au marché du travail, à la macro-économie ? Nous, c'est le concret, notre monde à nous. La réalité. La bataille pour les marchés, la lutte pour l'emploi, la guerre économique. Pas le temps de couper les cheveux en quatre ou de se farcir du Ronsard, mon petit vieux ! Les Japonais sont là et ils n'attendent qu'une chose : c'est de nous bouffer tout crus.

— C'est quoi déjà, la marque de ta nouvelle voiture : une Sushi ? »

(Etc.)

Sur l'avenue, la voûte des marronniers laissait voir des éclats de ciel gris : les restes d'une vitre brisée, encore sertis dans leur treillage d'où pendaient des feuilles mortes, durcies et recroquevillées par le gel telles des chauves-souris endormies. Il haussa les épaules, irrité sans raison. Il n'avait jamais eu l'esprit de corps. Dans ces occasions-là, cependant, il se sentait presque fier d'appartenir à cette classe rêveuse et parasite que Bob et ses semblables regardaient avec tant de compassion, parce qu'elle parlait encore en anciens francs et ignorait le péril japonais.

La réalité de Bob, il la lui abandonnait volontiers. Quelquefois, il faisait ce rêve terrifiant : il se réincarnait dans un feuilleton américain, ou bien il était condamné à errer jusqu'au Jugement dernier dans un hall d'exposition Saint-Maclou, le dimanche après-midi. C'était là le monde de Bob, celui de ses élèves, un monde fantôme pour lequel il n'était pas fait.

Lui, Beaujeu, avait appris de ses parents le mépris du commerce, des carrières d'argent et de profit. *Servir*, tel avait été le refrain qui avait bercé sa jeunesse. Devenir prêtre, médecin, avocat ou soldat. Défendre la veuve et l'orphelin. Travailler à l'élévation des âmes, au salut des corps souffrants. Il n'avait pas trahi. Au fond de lui, il continuait de croire en la noblesse de sa tâche, sentant seulement pointer un peu d'aigreur dans la fermeté de ses convictions, comme si c'était elles, d'une certaine manière, qui l'avaient trahi.

Pouvait-il en vouloir à ses élèves de n'avoir pas besoin de lui ? D'aspirer au monde de Bob quand il avait abandonné pour eux toute prétention à une carrière prestigieuse et lucrative ?

« *À trop vouloir gagner sa vie, on la perd*, se récita-t-il, tâchant de soustraire la pointe de ses oreilles au vent qui balayait l'avenue. *Commentez ce point de vue en l'illustrant d'exemples tirés de vos lectures et de votre connaissance du monde qui vous entoure.* »

Ce sujet inepte qu'il leur avait donné... Une revanche un peu mesquine contre cette classe de forts en maths. Il ne se faisait guère d'illusions : tous brûlaient de rejoindre la cohorte de décideurs indispensables qui se pressaient déjà sur l'avenue embouteillée, reliés à leur bureau jusque dans le lit conjugal par un alphapage à signal numérique. Tous, déjà, étaient convertis aux vertus de l'argent et de la réussite matérielle. Mais une heure au moins, dans leur courte existence, ils auraient planché sur la vanité du profit — ne serait-ce que pour mesurer combien était nulle leur connaissance des grandes œuvres littéraires et du monde contemporain.

Une fois de plus, Beaujeu affronterait leurs protestations quand il annoncerait qu'il n'avait pas corrigé leurs devoirs, qu'il n'avait pas — ce qu'ils attendaient avant toute chose — de notes à leur distribuer, super-cagnottes ou lots de consolation... Il y avait longtemps qu'il n'éprouvait plus la moindre culpabilité pour ces retards. Que leur aurait-il dit, d'ailleurs ? Pouvait-il décemment citer son échec personnel, la médiocrité de sa carrière, cette lassitude pour la vie familiale qui l'accablait chaque fois à la période de Noël, à seule fin d'étayer son corrigé ? Dire qu'entre la fatigue d'un métier qu'il estimait (dont il estimait du moins quelque image idéale et moribonde) et un profond mépris pour les carrières qu'il enviait (Bob), il se trouvait pris en tenaille, sentant chaque jour décroître davantage la réalité du changement auquel il aspirait ?

« Quel froid, n'est-ce pas ? Ne serais pas étonnée s'il neigeait avant ce soir. »

Robe de chambre molletonnée, imperméable prune, jambes nues dans des mules à pompons : comme chaque matin, sa voisine de palier sortait son chien. Il s'essaya à quelques amabilités climatiques, découvrant que sa propre mâchoire, tétanisée par le froid, ne parvenait à produire que d'obscurs borborygmes, tandis que le chien flairait soupçonneusement les revers de son pantalon.

Quelquefois, il enviait cette liberté : pouvoir sortir dans la rue en tenue de nuit, surveiller la promenade d'un caniche en manteau tricoté sans risquer de croiser le regard goguenard d'un élève. C'était l'inconvénient d'habiter la ville même où l'on enseignait, songea-t-il, écartant le chien du pied avant de repartir à grandes enjambées. Au début, cette promiscuité lui avait pesé : on ne s'habitue jamais tout à fait à ce qu'un collège entier sache qu'on achète son papier hygiénique chez un épicier discount... Mais, après trop d'années dans de lointaines banlieues, sa nomination dans la ville de V. avait paru une aubaine, cette marche journalière sur l'avenue encombrée de voitures, un luxe d'un prix inestimable. Au printemps, les haies embaumaient le tilleul, l'air était doux. On longeait de petits jardins délicieux, des maisons à pignons devant lesquelles tourbillonnaient des jets d'eau. En face, sur la chaussée, la circulation matinale atteignait son paroxysme, l'on se sentait privilégié, presque libre et heureux.

Il partait en avance, se donnait l'illusion de flâner, s'arrêtant au tabac pour acheter des cigarettes, le journal qu'il n'aurait pas le temps de lire avant le soir, mais qu'il prenait quand même, pour se prouver qu'il n'était pas pressé, qu'il n'avait pas abandonné toute prétention à une vie culturelle en entrant sous les ors de l'Instruction publique.

Depuis quelque temps cependant, la machine renâclait — insomnies, cauchemars, bouche amère au réveil. Ce n'était pas seulement l'hiver, cette impression d'exposer son visage à vif à la lame d'un rasoir, le gris du ciel. Avait-il simplement vieilli ? Il lui semblait certains jours que s'étendait devant lui une sorte d'ère glaciaire, un désert vide et désespérant qui était l'adolescence prochaine de ses filles, et devant lequel Mathilde piaffait déjà d'impatience. C'était comme une maladie inéluctable qui guettait son couple, quelque épreuve fatale embusquée dans leur avenir et dont chaque jour le rapprochait un peu plus. Il avait beau freiner des quatre fers, rien au monde ne pourrait empêcher ses filles d'avoir bientôt l'âge de ses élèves, ni qu'ils deviennent, Catherine et lui, semblables à ces parents blêmes et hébétés qu'il recevait chaque fin de trimestre. Il les voyait entrer, résignés à tout entendre, accompagnés de cet hominidé aux joues dévorées par l'acné qui avait été autrefois leur bébé rose et blond, et qu'ils regardaient maintenant avec effarement, comme si une erreur de bracelet à la maternité avait échangé par inadvertance leur adorable nourrisson contre un gaillard en baskets montantes et casquette de base-ball.

Comment, de la douce chrysalide de peau tendre, avaient pu sortir de telles créatures ? À quel moment s'était opérée l'affreuse métamorphose ? Mathilde ruait déjà dans les brancards. Un an encore et elle serait en sixième. Les premiers signes étaient là, cependant. Cette terrifiante, cette inéluctable précocité ! se disait-il en découvrant sur sa trousse Mickey les premières initiales entrelacées, le nom d'un chanteur à succès. Elle allait avoir dix ans, réclamait avec le plus grand sérieux sa ligne de téléphone et le droit de sortir le samedi après-midi : Betty, elle, avait depuis longtemps la télé dans sa chambre, son téléphone privé, et personne pour pointer le cadran de la pendule quand elle appelait ses copines à l'heure de la douche.

C'était cela le plus difficile : il ne luttait pas seulement contre Mathilde, mais contre Betty, contre sa classe entière, contre tous les parents du monde, tellement compréhensifs, tellement plus modernes ! Il luttait contre la télévision, contre ces magazines qu'elle achetait, contre Catherine elle-même.

Fallait-il vraiment qu'elle lise ces torchons ? s'emportait-il. Qu'elle se gave d'horoscopes, de confidences de stars, de conseils de beauté pour ressembler aux choristes peinturlurées des groupes à la mode ?

« Ne sois donc pas vieux jeu, plaidait Catherine. Elle grandit, elle change. Il n'y a que toi qui ne t'aperçoives de rien.

— Vieux jeu ? s'étranglait-il, compulsant frénétiquement le magazine et glanant au hasard : "*Il veut aller plus loin, toi non : comment le garder ?*" "*Préliminaires : ce qu'il faut savoir.*" "*Jocelyne B., de Périgueux : je ne supporte pas les tampons.*" Seigneur Dieu, Catherine ! Elle lisait encore *Pezzi l'Ourson* cet été !

— Elle ne pourra pas lire *Pezzi l'Ourson* toute sa vie, ripostait Catherine avec calme. Je ne sais pas si tu as remarqué, mais son corps se transforme, elle devient une jeune fille. »

C'était bien cela qui le terrifiait, et la complaisance de Catherine, cette manière si féminine de se tenir les coudes dès qu'il s'agit de leur corps...

Il se rattrapait avec Lucie. Mais pour combien de temps encore ? L'enfance désertait à grands pas la maison. Avec quelle fierté elle avait rapporté de l'école ses premières lignes à déchiffrer, tracé ses premières rangées de *a* ! Chaque soir, il la voyait tirer la langue sur sa page d'écriture, suivre du doigt les syllabes assonancées de son livre de lecture, imprimées en gros caractères à la manière d'une édition pour malvoyants — et il ne savait si son cœur se serrait d'émerveillement ou de regrets pour une période qui s'achevait.

La nouvelle famille de Lucie s'appelait Nicolas, Caroline, Lola la tortue, Boule le chat. Leçon après leçon, elle vivait avec eux des aventures prodigieuses : *Nicolas est malade. Le déménagement. Où donc est passé Boule ? Lola mange de la salade.* Désormais, leur appartement abritait une maison miniature dans laquelle Lucie allait grandir, remplaçant ses poupées par de petits personnages d'encre rapportés de l'école et qui allaient lui apprendre les jours de la semaine, le nom des arbres et des fleurs, les dangers de sucer son pouce.

« *N'entré pas* », avait-elle écrit sur la porte de sa chambre, alignant sur des chaises sa collection de Barbie, avec leurs chaussures à talons, leurs bouches maquillées, leurs minijupes de dactylos. Elle leur faisait la classe, tapant du pied, menaçant de sa règle les petits crânes de caoutchouc aux cheveux permanentés. S'il entrait, elle s'interrompait aussitôt :

« À quoi joues-tu ?

— À rien. »

Il gênait. Il n'avait plus sa place dans ce petit monde de starlettes en réduction qu'elle coiffait inlassablement. Nicolas, Caroline, papa, les personnages de son livre de lecture n'étaient déjà plus pour elle que les doublures nostalgiques de la petite enfance qu'elle venait de quitter. Quelquefois, encore, c'était contre lui le soir qu'elle venait se blottir, le pouce dans la bouche, les yeux dans le vague, lorsqu'un accès de détresse inexplicable l'empêchait de dormir. Durant un instant, il retrouvait son bébé, s'étonnant de ne plus sentir cette odeur de lait tiède qui flottait autrefois au-dessus de son berceau. Et il la retenait, la gardait plus longtemps qu'il n'aurait fallu, comme s'ils étaient en train de se quitter pour de longues, d'interminables années.

Le temps avait passé trop vite. Il avait suivi le fil, machinalement, laissé à Catherine le soin d'aménager leur vie, de fixer les grandes dates : la naissance des enfants, le premier canapé de cuir acheté à crédit, la Ford qu'il faudrait remplacer. Elle s'en était tirée magnifiquement, précise, organisée, avec cette intuition infaillible qui lui faisait trouver du premier coup la meilleure place pour la commode, la couleur exacte du vase assortie aux rideaux à fleurs du salon. Déjà, ses listes de cadeaux pour Noël étaient prêtes, les draps à emporter dans la maison de Carnac avaient été mis de côté, soigneusement repassés sur une étagère de l'armoire. Les vacances approchaient — de quoi se serait-il plaint ?

Devant l'entrée du Relais des Chasseurs, les flaques verglacées ressemblaient à des auréoles d'eau savonneuse. Il tâta instinctivement ses poches — son paquet de cigarettes était plein, sa ration de survie pour la journée —, se faufila entre les voitures à l'arrêt. Quelques-unes gardaient encore autour du pare-brise des amas de neige durcie, vestiges de ces banlieues pavillonnaires qui naissaient au pourtour de la capitale, toujours plus éloignées : des lotissements de petites maisons blanches, toutes semblables, surgis sur des parcelles déboisées aux allures de terrains vagues, avec leurs noms rustiques et prétentieux, les ronds-points surréalistes ouverts comme des cratères au beau milieu des champs de blé.

Voilà au moins à quoi il avait échappé : les pavillons de placoplâtre des amis de Bob. La pelouse que l'on va acheter le samedi au Truffaut le plus proche, les haies d'ifs édentées, les nains de plâtre, le pain congelé du petit déjeuner parce que la première boulangerie est à vingt-cinq kilomètres... Il louait un appartement confortable à deux pas de son travail, avait une jolie femme, deux petites filles adorables qui réussissaient en classe, un métier sans envergure mais qu'il exerçait avec compétence et qui lui laissait du temps libre, un poste dans un établissement bien fréquenté où sa réputation n'était plus à faire.

Oui, de quoi se serait-il plaint ? songea-t-il, pressant la sonnette du lourd portail. Se plaignait-il, d'ailleurs ? Il était seulement un peu las... Une nuit de mauvais sommeil, ce froid qui paralysait les membres.

Et puis la perspective d'une nouvelle semaine auprès de Marie-Paule. À nouveau, devoir surveiller chaque mot, l'exactitude de chaque geste... Garder pour les nuits blanches le doute et les remords... Plus rien n'était pareil depuis Marie-Paule.

8 h 40
Concertation pédagogique

Moquette bleuâtre, quelques tables en laqué beige. Des casiers rangés par ordre alphabétique. Au plafond, de larges néons rectangulaires, au verre trouble et constellé de mouches. Quelques fauteuils dépareillés, dons du principal précédent, quand il avait quitté l'appartement de fonction du troisième. Une persistante odeur de tabac froid. Celle, aussi, plus subtile, de la polycopieuse à alcool, vénérable machine à bras dont plus personne ne se servait depuis l'installation récente de la photocopieuse, mais qui restait là, dans un coin, vestige d'une époque préhistorique à laquelle ils auraient été malgré tout attachés.

Neuf heures moins vingt. La salle des professeurs était déserte. Beaujeu aimait y arriver en avance, comme pour allonger artificiellement le moment qui le séparait du début de sa journée. C'était un endroit clos, un espace réservé où ne parvenait qu'assourdie la rumeur des étages. Sur le rebord de l'évier, un reste de liquide brunâtre bouillottait dans la cafetière électrique. Sans même ôter son manteau, il l'éteignit, rinça soigneusement la verseuse avant d'emplir le filtre jusqu'au bord. Ses collègues seraient contents de trouver du café frais quand ils descendraient pour la récréation de dix heures.

La salle des profs, c'était l'arrière. Une base de repli d'où l'on tardait à remonter au front, feignant d'ignorer la sonnerie pour terminer une cigarette, chercher ses clefs de salle, gagner de précieuses secondes en prétextant un tirage urgent. Il avait bien le temps, se dit Beaujeu en se débarrassant de son loden. Il ne commençait qu'à neuf heures, le lundi, et cette petite case restée vierge sur son emploi du temps faisait de ce jour-là un jour à part, une petite victoire conquise sur la rigidité des horaires, l'inéluctable répétition des matinées, lui procurant la délicieuse impression de sécher, de poursuivre clandestinement pour quelques minutes encore la vacance de son week-end.

Dans le casier à son nom, une foule de tracts, de prospectus. L'habituelle moisson des débuts de semaine. Il en fit un petit tas, les déchira sans les lire. Offres d'abonnements à prix réduits, catalogues d'ouvrages scolaires, revues syndicales, lettres du ministère : ils avaient gagné les panneaux de liège, envahi les murs comme une maladie de peau incurable. Sur les tables, d'autres offres d'abonnements, théâtres, encyclopédies, petits classiques abrégés, livres d'art. *La Lettre du recteur.*

L'École syndicaliste. Le Bulletin des lettres. Pour une école de la réussite. Quels débouchés après la troisième ?

Notre pollution à nous, se dit Beaujeu avec accablement. Des milliers d'arbres débités chaque jour pour entretenir l'illusion que nous lisons encore, que nous allons au théâtre et suivons avec passion les développements les plus récents de la recherche pédagogique. Et que faisons-nous d'autre, nous les profs, lorsqu'on y songe, sinon submerger les élèves de listes, de corrigés, de tirages trop pâles qui finiront à la poubelle ?

« Tout le système repose sur une illusion, aimait à répéter Marlot. Le savoir ne profite à personne : il circule, interminablement. Nous ne faisons que nous refiler mutuellement le bébé, nous débarrasser sur d'autres de ce flot toujours croissant d'informations, de chiffres, de connaissances. Nous n'enseignons pas, Philippe : nous tentons juste de fourguer à quelqu'un nos excédents culturels. Regarde ces médicaments périmés qu'on envoie en Afrique, tous ces rebuts que les parents nous donnent pour la kermesse du collège et que nous nous hâtons de leur revendre contre un ticket de tombola. »

Il n'exagérait qu'à peine. Il était là, le cœur de l'établissement, sa matrice, dans ce bloc crépitant, bourré d'encre et de papier, capable de cracher deux cents copies à la minute. Que la photocopieuse tombe en panne (ce qui arrivait assez souvent pour qu'ils finissent par suspecter quelque sabotage intentionnel de l'administration) et ils étaient perdus, en chômage technique, tragiquement démunis.

« Vite ! Une envie folle de faire pipi. Il faut absolument que je tire ça avant neuf heures ! »

Il sursauta. Fuseau noir de skieuse, blouson de cuir râpé ouvert sur un pull à chevrons, Marie-Paule entrait en coup de vent, ébouriffant ses cheveux rendus électriques par la laine de son bonnet. Sans le laisser reprendre ses esprits, elle se défit de son blouson d'un mouvement d'épaules, tira quelque chose de son sac marin qu'elle lui fourra entre les mains.

« Vingt-huit exemplaires. S'il te plaît. »

Déjà, elle avait disparu, laissant derrière elle un tourbillon de portes claquées. C'était trop tôt. Beaujeu n'était pas encore prêt. Ses jambes étaient molles, il avait froid tout à coup, très chaud et très froid en même temps, comme lorsqu'il avait de la fièvre, enfant, et qu'on le plongeait au milieu de la nuit dans un bain qui lui semblait glacé.

« Ouf ! fit-elle en revenant, j'ai cru que j'allais éclater sur le chemin. Passé un bon week-end ? »

Elle se jeta dans un fauteuil, rassemblant le contenu épars de son sac : une pomme, des clefs, une poignée de minipochettes Vania, roses et jaunes comme des berlingots, un livre de poche tout écorné, d'autres babioles moins identifiables qu'elle renfournait au hasard.

« Très bon, merci, articula-t-il, s'absorbant avec difficulté dans le maniement de la photocopieuse. Et toi ? »

Rien n'était moins urgent que d'entrer avec elle dans le piteux détail de son dimanche : la promenade matinale en forêt, les vélos des filles qu'on traîne sur les allées pierreuses, les chutes, les bobos, le déjeuner interminable, le retour dans les embouteillages du soir. Elle s'étira voluptueusement.

« J'ai dormi. »

Il refit une deuxième fois son code sur la photocopieuse avant de s'apercevoir que c'étaient les premiers chiffres du numéro de téléphone de Marie-Paule qu'il formait. La quantité de sommeil dont cette fille avait besoin était véritablement prodigieuse. Des journées entières de siestes cataleptiques, entrecoupées de courts instants de conscience pour grignoter des triscottes, des rondelles de concombre ou des barquettes de tatziki sans même quitter son lit.

« Tu n'en avais pas à tirer pour toi, au moins ? » s'enquit-elle en le rejoignant.

Il se raidit au contact de sa hanche. Une vieille histoire. Relations strictement professionnelles depuis Venise. Conduite irréprochable. Le plus dur était fait. Il n'aurait jamais cru d'ailleurs que ce serait si simple. Il devait lui en être reconnaissant : elle s'était montrée parfaite. Et puis la présence des collègues, l'incompatibilité de leurs emplois du temps, cette difficulté à la voir seule qui avaient favorisé le retour à la normale, aux basses pressions. Ce n'était pas le moment de caler. Ignorer cette odeur de lit tiède qu'elle apportait avec elle, le hérissement des poils sur sa joue à chaque battement de ses longues paupières frangées de soie sombre, la pression insistante d'un sein contre son dos tandis qu'elle s'appuyait sur lui sous prétexte d'admirer ses photocopies...

« Joli, non ?

— Pas mal. Qu'est-ce que c'est ? »

Elle rit : « Tu ne reconnais pas ? »

À première vue, l'on eût dit un dessin à la manière d'Arcimboldo : deux compositions stylisées, des arrangements de fruits trônant dans un compotier qu'un examen plus attentif identifiait sans doute possible comme les organes génitaux de mammifères bipèdes de sexes opposés.

« Tu vas vraiment distribuer ça à tes sixième ?

— Et pourquoi non ? C'est au programme. "Reproduction des espèces vertébrées." Quatrième leçon.

— Ces oranges, ces bananes... Est-ce que ce n'est pas un peu trop... réaliste ? Je veux dire, pour des gosses de cet âge ? »

Elle haussa les épaules. « Question de génération. Ils sont très en avance sur toi, à mon avis. »

Un souvenir s'imposa péniblement dans l'esprit de Beaujeu. Ce graffiti qui avait surgi quelques semaines plus tôt, gravé dans le vernis d'une table de la salle d'anglais, comme pour justifier la faute d'orthographe qui les accouplait curieusement : *« Beaujeu + Brunel = Sex. »* Un simple avertissement, vainement oblitéré par les soins de Beaujeu, et qu'elle avait pris en riant.

« *Beaujeu + Brunel = Sex*... Plutôt rigolo, non ? On dirait une publicité pour un groupe de hard-rock. »

La désinvolture de Marie-Paule l'avait irrité. Elle était libre, mais lui était marié, titulaire, il avait une réputation à soutenir. Et maintenant, elle distribuait en quelque sorte à ses classes le plus intime d'eux-mêmes, offrait à leurs regards concupiscents une vue détaillée de leurs anatomies, faisant de la rencontre de leurs organes la matière même de son cours comme pour démontrer l'humiliante justesse de cette addition : *Beaujeu + Brunel = Sex.*

« Tiens, dit-elle, changeant soudain de sujet. Je suis allée au ciné aussi. Un film russe assez chiant.

— Il y a des mois que je n'ai plus mis les pieds au cinéma, remarqua-t-il avec amertume, tandis qu'elle rangeait dans son sac la moisson de photocopies compromettantes. J'ignorais que tu commençais à neuf heures le lundi. C'est nouveau ?

— Du tout, bâilla-t-elle. Pas pu me réveiller ce matin. »

Elle passa un index sur ses lèvres charnues, s'examinant dans une glace avec attention.

« Tu aurais pu me dire que j'étais affreuse. Un vrai boxeur. »

Il écarta la mémoire encore vivace qu'il gardait d'elle au réveil. Comment pouvait-on être si ponctuellement, si impunément en retard ? Elle avait sorti un petit miroir de sac, s'absorbant dans l'image réduite qu'il lui renvoyait : un visage aux narines délicates, une bouche large et pleine, une peau de brune tout droit sortie d'une publicité pour des eaux minérales, un œil pétillant qui l'observait en coin comme depuis l'affût d'un rétroviseur. Pourquoi était-elle si séduisante, si définitivement désirable ?

« Tiens, Geneviève ! » lança-t-il avec enthousiasme. (Le fermoir du miroir claqua d'un coup sec.) « Passé un bon week-end ? »

Sans répondre, la nouvelle venue s'affala sur la banquette, pêchant avec nervosité une cigarette dans son sac. C'était une grande femme sèche, aux os larges et proéminents, aux traits masculins et sans charme. Tailleur de laine à carreaux rouges et noirs, la veste posée sur les épaules à la manière d'une cape, des chaussures à talons carrés, d'une laideur orthopédique, un manteau gris et sans forme dans lequel elle s'enveloppa comme d'une couverture.

« Un bon week-end, avec les lombaires dans cet état ? Je t'y verrais, tiens. Pas pu fermer l'œil de la nuit. Mais il y a pire, attends. Bon, je prends sur moi une fois de plus, je fais un colossal effort pour venir travailler quand même. Et pour découvrir quoi ? Une salle glaciale, les radiateurs éteints, les troisième 3 obligés de garder leurs moufles pour tenir un stylo... »

Elle approcha sa cigarette de sa bouche, accentuant le tremblement de sa main comme si elle tétait avidement un masque de réanimation, le col de sa vareuse pointant agressivement de chaque côté de l'occiput.

« Je t'assure, la vapeur leur sortait de la bouche. On se serait crus dans une chambre froide.

— Pas meilleur ici, je le crains, nota Beaujeu en tâtant les conduites. Les radiateurs sont glacés. »

La diversion tombait à point. La solitude avec Marie-Paule ne lui valait rien.

« Je te préviens : je n'ai pas attendu le onzième échelon pour supporter ça. Je me mettrai en congé longue durée s'il le faut, mais il est absolument hors de question que je reprenne le travail !

— Tu as essayé la planche sous le matelas ? risqua Marie-Paule à contretemps.

— Qu'est-ce que tu crois ? La planche, l'acupuncture, la ceinture de maintien, les matelas futon, les électrodes, les infiltrations. J'ai tout essayé, sans parler des trucs non remboursés. »

Elle s'adossa en grimaçant, ramenant sous elle ses jambes osseuses. Elle avait raison, il faisait froid, pensa Beaujeu, cherchant en vain un mot de réconfort. Geneviève était solide. Sa souffrance laissait indifférent, agacé tout au plus. Ce n'était pas une affection qu'on eût pu plaindre, plutôt un mode d'être, une forme acrimonieuse et paradoxale d'énergie qui la sauvait de la dépression. Son dos n'était qu'un symptôme, un axe de tension par lequel transitaient d'autres foyers de souffrance. « Collège », « copies », « administration », telle était la véritable épine dorsale de son existence, des points d'acupuncture qu'aucun docteur

Lim, aucune aiguille de cuivre effilée ne saurait jamais traiter.

« En plus, je leur faisais le Nordeste brésilien. Un cours super important. Jamais je n'aurai le temps de finir mon programme.

— Devinez quoi ? Piroton avait la morve qui lui gelait littéralement au nez ! »

Gérard Wurtz entrait, frottant l'une contre l'autre ses courtes mains hérissées de poils roux. Un petit homme à la barbe moussue, les cheveux aplatis sur le front, des billes translucides à la place des yeux.

« Tout est coupé là-haut, ajouta-t-il, gloussant comme d'une plaisanterie qu'il se serait racontée à lui-même. Il va falloir rentrer du bois. »

Il professait, avec la technologie, le détachement facétieux des disciplines secondaires, une bonhomie de bricoleur pavillonnaire habitué à monter des faux murs et des poutres creuses. Marie-Paule leva des yeux exaspérés. Cette invasion la mettait au supplice.

« On fait quoi, exactement ?

— Ce que vous voudrez, décréta Geneviève. Moi je ne travaille pas en dessous de la température syndicale.

— Parce qu'il y a aussi une température syndicale ? » fit Marie-Paule médusée.

Gérard hocha la tête. « 13°, ma cocotte. Notre zéro absolu. »

Marie-Paule se renfonça avec humeur dans la tiédeur dodue de son blouson, réveillant dans la mémoire de Beaujeu un douloureux fantôme de chair pâle et grenue.

« De mieux en mieux, soupira-t-elle. Décidément, je hais les lundis. »

La porte battit violemment. C'était au tour de Marlot de faire son entrée, narines livides, la voix frémissant de fureur contenue.

« Pourrais-je savoir à qui appartient la bande d'olibrius qui met à sac les couloirs ?

— À moi, dit calmement Geneviève. Troisième 3. Je ne sais pas si tu t'en es aperçu, mais nous n'avons pas de chauffage.

— Pas le temps de vérifier les radiateurs. Nous avons beau être un collège d'enseignement dit "secondaire", il y en a encore qui travaillent, ici. »

Il s'empara de la cafetière, les sourcils en bataille, fixant Beaujeu comme s'il avait été le seul interlocuteur digne de foi.

« Sérieusement, Philippe. Qu'est-ce que vous faites là ? Une réunion Tupperware ?

— Geneviève n'y est pour rien, Marlot. Le chauffage n'a pas été remis en route. »

Marlot haussa les épaules, essuyant ses doigts tachés de craie avant d'extirper une cuillère de la boîte en fer-blanc. Bien qu'enseignant tous deux l'histoire, Geneviève et Marlot se détestaient. Leur taille très au-dessus de la moyenne en faisait comme deux poids mi-lourds autorisés à boxer dans la même catégorie et qui s'empoignent à distance par-dessus la mêlée. On ne tenait d'ailleurs pas tête à Marlot sans péril. Tout en haut de sa longue carcasse, oscillant légèrement tel un ballon d'observation, son crâne pivotait soudain vers vous, la narine frémissante, le sourcil gauche dressé, cherchant la cible. Deux pupilles exophtalmiques vous considéraient un instant avec curiosité, puis le trait tombait, cinglant, clouant l'imprudent au sol comme une larve de bombyx.

« Beaucoup d'enseignants et peu de maîtres », aimait-il à répéter, se classant implicitement dans la seconde catégorie.

Étroit d'épaules, le verbe haut, la poitrine caverneuse, il régnait sans partage sur ses classes, n'aimant rien tant que les longues improvisations dont il sortait défait, les traits cireux, reprenant à l'alinéa B un cours construit comme une partition d'orchestre.

« Naturellement, remarqua Geneviève. Tout le monde sait que tu es le seul ici à travailler. Les autres s'amusent. J'ai un dos de vieille dame, les quatrième technologique, tous les caractériels de l'établissement, mais je m'amuse. »

Marlot écarta l'attaque sans répondre. On ne se comparait pas à lui. On le détestait, on l'admirait, point. Ses classes lui vouaient un culte aveugle, entretenu bien après le collège par un club informel d'anciennes élèves, aujourd'hui mariées et mères de famille, de qui il recevait des cartes de Nouvel An et des photos de poupons roses et gras. Il répondait fidèlement, ce qu'il appelait non sans une once de vanité « assurer l'après-vente », cherchant en vain, dans ces jeunes femmes alourdies et souriantes, ces ribambelles d'enfants suspendus au portique d'un pavillon neuf, les silhouettes efflanquées des adolescentes d'autrefois — mes neiges d'antan, disait-il à Beaujeu, l'œil soudain humide, comme si lui seul avait pu comprendre un accès de sensiblerie qui lui ressemblait si peu.

Un coup d'œil vers Marie-Paule. L'intrusion de Marlot avait fait monter la tension d'un cran. Elle fixait la pointe de ses bottines, les genoux serrés dans une pose enfantine, la tête entre les poings. Êtes-vous réellement vrais ? semblaient dire ses pupilles dilatées. Êtes-vous réellement vrais ?

Geneviève explosa : « Oh, tu peux prendre tes grands airs ! Tu veux savoir ce qui se passe, Jacques ? Tu veux vraiment savoir ? Il se passe que j'en ai marre de laisser ma santé ici, marre de ta condescendance, marre de me battre contre des moulins à vent ! Où est l'administration ? Pourquoi nous laissent-ils seuls ? J'en suis à ma troisième infiltration en deux jours, Jacques, j'ai le dos bousillé. Encore un an à ce tarif et je n'arriverai même pas à la maison de retraite de la MGEN en état de m'inscrire à l'atelier poterie, voilà ce qu'il y a ! »

Elle s'arrêta net, surprise elle-même de sa propre fureur, tandis que Marlot, le verre à la main, l'observait avec la fixité d'un faisan à l'arrêt.

« Bon, décida Gérard. Geneviève a raison. Prenons la situation en main. Je monte au labo chercher des thermomètres.

— Des thermomètres ? » répéta rêveusement Marie-Paule.

Il tendit vers elle une main trapue de dentiste, empocha la clef qu'elle lui tendait. Il frétillait, soudain surexcité à l'idée de se rendre utile, et Beaujeu revit avec accablement sa petite silhouette en tenue blanche immaculée, sautillant sur le court de tennis et rattrapant *toutes* les balles avec une agilité diabolique de lutin germanique. Son visage suant dans les vestiaires, plus tard, marbré de taches rosâtres, et que la barbe semblait protéger comme une chair à vif...

« Je t'accompagne, décida Geneviève, soudain revigorée. Tu viens, Philippe ? »

En face de lui, les genoux de Marie-Paule étaient deux balles de caoutchouc. Sa présence irradiait jusque dans son échine, à la manière d'un poêle de fonte auquel il ne parvenait pas à s'arracher. Il se leva péniblement, l'interrogea du regard.

« Pas envie. Je voudrais dormir. »

Elle bâilla, montrant le dôme rose de sa langue, tandis que Marlot s'effondrait à côté d'elle sur le dur canapé, exhibant entre pantalons et chaussettes une bande de peau nue d'une blancheur spectrale.

« Partez tranquilles, murmura-t-il. Je la garde. »

9 heures
Méthodologie

Il n'avait rien choisi, devait se dire Beaujeu plus tard.

Les événements avaient décidé pour lui, s'enchaînant les uns aux autres de la manière la plus absurde. D'une certaine façon, il ne s'était pas réveillé : c'était seulement son rêve nocturne qui continuait, plus déroutant maintenant qu'il se trouvait transposé dans la réalité.

Comme dans les rêves, des détails manquaient. D'autres, au contraire, revêtaient un relief saisissant.

Il y avait eu, d'abord, cette scène surréaliste de couloirs baignés d'une lueur jaunâtre où deux professeurs d'âge mûr en suivaient un troisième, portant avec cérémonie de gros thermomètres tintinnabulant dans une boîte en plastique qui avait contenu autrefois un litre de crème glacée édulcorée à l'aspartam.

« Quel est l'imbécile qui a laissé les fenêtres du labo ouvertes ? s'était emporté Gérard, bataillant avec la dernière énergie contre la porte d'une armoire. Naturellement, ça va fausser les relevés ! »

Sur les étagères s'entassait un fouillis d'appareils poisseux : chronomètres dépareillés, pompes à poire de caoutchouc, bouts de tuyaux tronqués, des rangées d'éprouvettes et de tubes à essai, alignés sur un socle de bois tels les présentoirs à épices de cuisines modernes. Il avait fallu tout vider pour trouver la boîte aux thermomètres (le capharnaüm de Marie-Paule, avait songé Beaujeu, écoutant avec une satisfaction secrète le souffle bruyant de Gérard, enfoui jusqu'aux épaules dans les ténèbres poussiéreuses de l'armoire afin de souligner mieux encore le ridicule achevé de l'entreprise).

Dehors, ils étaient tombés nez à nez avec Madin, le conseiller d'éducation, brave homme un peu mou aux yeux pochés et larmoyants que la situation dépassait totalement. Gérard l'avait à peine salué, serrant son précieux chargement contre lui comme s'il s'était agi des symboles inaliénables de la République, la marche même de l'Histoire qu'il le défiait d'entraver.

Comme dans les rêves aussi, quelqu'un accomplissait à sa place les gestes de Beaujeu. Quelqu'un qu'il savait être lui, qu'il reconnaissait plutôt, tandis qu'extérieur à la scène, il se regardait agir avec un sentiment croissant d'étrangeté.

Devant chaque salle, ils s'arrêtaient, frappaient, entraient sans attendre de réponse pour distribuer un thermomètre préalablement numéroté à l'aide d'un bout de sparadrap.

« Désolé, mon vieux », expliquait Gérard au collègue qui arpentait l'estrade en bottines fourrées, drapant ce qui restait encore de la dignité de son magistère dans un vieil anorak de ski. Puis, levant la colonne de mercure vers la lumière : « Salle 23, annonçait-il. 11° . Vous pouvez ranger vos affaires, les gars, le cours est terminé. »

Ailleurs, d'autres collègues — les spartiates, aurait dit Marlot — s'échinaient à maintenir en vie des groupes d'élèves agglutinés autour des radiateurs éteints. Interrompre les cours ? C'est vrai qu'on pouvait à peine travailler dans de telles conditions. Mais le programme ? s'inquiétaient-ils à voix basse. Le programme ?

Il avait bien fallu une heure pour parcourir tous les couloirs, dresser un relevé précis des écarts thermiques, refouler vers la cour les élèves égarés. Maintenant, c'était la récréation. La salle des profs, bourrée à craquer, bourdonnait d'une effervescence inhabituelle.

« Quelquefois, disait Martine Bonamour, perchée sur des bottines à semelles surélevées, le sentiment de notre inutilité m'accable. Si au moins nous étions dans une zone difficile, avec la satisfaction de les arracher à un environnement atroce. Mais ici, le collège est juste une longue privation de télé, non ? »

À ses côtés, Maude Labarthe (lettres classiques) écaillait une parcelle de vernis oublié sur la pointe de son ongle. Au premier rang, l'index prêt à se lever, il y avait encore Bénédicte (mathématiques) ; Mlle Borne (anglais), l'imperméable raide, le cartable à la main, surveillant une échelle sur son bas comme si elle hésitait à rentrer chez elle avec cet accroc indécent ; Sarah Zimmerman (éducation physique et sportive), jogging prune et visage maquillé ; d'autres encore que Beaujeu feignait de ne pas voir, s'abritant derrière l'écran de sa fumée.

« Récapitulons, disait Gérard. D'après mes courbes, la moyenne dans l'établissement avoisine la barre des 10° . 9,8 exactement. Nous sommes très clairement en dessous des normes syndicales.

— Que disent précisément les textes ? » intervint Raymond avec prudence. Trésorier d'un syndicat majoritaire, membre élu du conseil d'administration, il s'était fait depuis vingt ans une redoutable spécialité des séances consacrées à l'examen du budget.

« Les textes ? s'emporta Geneviève. Pas besoin des textes pour savoir qu'on a froid ! Je suggère une grève immédiate et illimitée. »

Un murmure salua cette proposition. La coupe était pleine : à l'administration de prendre ses responsabilités.

« Touche, Philippe, dit Maude. Tu sens comme j'ai la chair de poule ? »

Raymond soupira bruyamment, caressant le collier de barbe qui donnait à son visage une gravité toute syndicale.

« Pas d'emballement que nous pourrions regretter... Je le répète, il existe des textes. Grève ou arrêt de travail, ça n'est pas du tout la même chose.

— Il a raison, approuva Gérard. Sans préavis, notre action perdrait tout caractère légal.

— Un préavis ? Et puis quoi encore ? Dites plutôt que le SNES se défile. Ce ne serait pas la première fois d'ailleurs...

— Je trouve FO plutôt mal placée pour donner des leçons. On ne vous a guère vus ces derniers temps sur le terrain.

— Est-ce qu'on ne pourrait pas essayer pour une fois de dépasser les clivages ? suggéra Maude.

— Voilà ! Rien de tel qu'une centrale obtuse et sectaire pour favoriser les discours de droite !

— De droite, moi ? s'insurgea Maude, outrée. Tout le monde ici connaît ma générosité !

— Et si l'on mettait simplement la décision aux voix ? proposa quelqu'un.

— Fantastique, dit Geneviève avec un frisson de plaisir. On se croirait revenus au temps de Vincennes et des AG. »

Des dinosaures, pensa Beaujeu, tandis que se mettait en place un comité improvisé. Des dinosaures, voilà ce qu'ils étaient. Bientôt, ils disparaîtraient à leur tour sans qu'on pût dire quel cataclysme naturel en avait éteint l'espèce. Il y avait quelque chose de pathétique à les voir s'affairer ainsi, fourbir à nouveau l'antique vocabulaire. AG, motions, querelles de tendances, ce temps-là était bien mort. Tous, ils avaient lentement sombré dans cette minuscule bourgeoisie contre laquelle s'était usée leur jeunesse : ils couraient aujourd'hui les heures sup, les taux préférentiels du crédit municipal, habitaient des pavillons meublés à la Camif et partaient chaque été en vacances dans la Creuse au volant d'un mobile home de location...

Il fallait être juste cependant : ils avaient payé le prix. Tous, ils avaient cru sincèrement en ce métier. Des années durant, ils avaient fait le sale boulot, choisi les classes de transition, les perfs, les ZEP, les SES avec un zèle de missionnaires, avaient cru à l'égalité des chances, à l'urgence d'une autre pédagogie, scié avec un entrain irréprochable la branche sur laquelle ils se trouvaient aujourd'hui si inconfortablement assis.

Beaujeu, lui, n'avait connu mai 68 qu'à travers le verre dépoli du lycée de province où il commençait le grec et le latin. L'unique souvenir qu'il en gardait, c'étaient les huit étages de l'immeuble qu'il fallait grimper à pied en raison des coupures d'électricité, parce que les manifestants avaient choisi pour lieu de rassemblement quotidien la petite place où il faisait du patin à roulettes. C'était comme une guerre qu'il n'aurait pas faite, réformé un peu honteusement pour cause de jeunesse... Les dinosaures avaient au moins cela en commun : une histoire fondatrice. Ils formaient une génération, celle du regret peut-être, mais une vraie génération. Lui appartenait à une tranche d'âge intermédiaire, sans autre signe distinctif que d'avoir manqué les mouvements marquants de l'époque, et qui regardait ses aînés avec un mélange de culpabilité diffuse et de défiance.

Il ne se sentait pas étranger, non : seulement lointain, coupable aussi d'être lointain. Il chercha Marie-Paule des yeux, la découvrit à l'écart, lointaine elle aussi, lisant ostensiblement une revue de delta-plane dans le petit coin enfumé où il l'avait aperçue, le jour de la rentrée, un peu sonnée par le choc des premiers cours. Il s'était approché, prenant prétexte de son statut d'ancien pour l'aborder.

« Bonjour. Tu es la nouvelle collègue de sciences nat ? Pas de problèmes avec les troisième 5 ? »

Elle l'avait regardé, surprise, tout en continuant de frotter une pomme sur le coton de son tee-shirt.

« Non, pourquoi ? Il faudrait que j'en aie ? »

Il avait aussitôt regretté sa sollicitude, se sentant soudain très bête, inutilement professionnel.

« Je suis le professeur de français de la classe, s'était-il empressé d'expliquer avec un petit rire.

— Ah ! avait-elle dit. Salut. »

Elle avait croqué à pleines dents dans la pomme luisante, essuyant du doigt le coin de ses lèvres avant d'ajouter, peut-être devant sa mine déconfite : « Juste un dénommé Piroton Maxime qui a essayé de me mettre la main aux fesses dans le couloir. Pour le reste, ils sont juste chiants, non ? »

Il s'était entendu se lancer dans d'interminables explications sur l'élève Piroton Maxime, au passé déjà lourd dans l'établissement. Elle l'avait écouté gentiment, mangeant sa pomme, le regardant comme on observe un représentant un peu folklorique d'une espèce inconnue. Et lorsqu'elle s'était levée à la reprise des cours, lissant sur ses fesses sa courte jupe en coton, il n'avait pu s'empêcher de songer que, de tous les attentats perpétrés par ledit Piroton, celui dont elle l'accusait méritait à vrai dire la plus grande indulgence.

« Que penses-tu de la petite brunette qu'on a touchée ? lui avait demandé Marlot un peu plus tard, comme s'il s'était agi d'un matériel réglementaire. Pas mal, hein ? »

Mais alors, il avait dû s'avouer que, au détail près de ses reins joliment cambrés, il ne gardait d'elle aucune image nette, telles ces nageuses que l'on voit à la télévision, éclatantes et le cheveu court, et qu'on ne peut reconnaître habillées quand elles montent sur le podium recevoir leur médaille.

C'était elle qui était dans le vrai, se dit-il sans oser la rejoindre. Ni illusion ni culpabilité. La crise au moins avait appris ça à ceux de sa génération : ne rien investir dans la carrière. Ils enseignaient comme on pratique n'importe quel petit boulot saisonnier, plagiste, vendeuse de maillots de bain, marchand de frites ou de beignets, se louant sans diplômes ni vocation là où l'on avait besoin d'eux, trop fraîchement sortis de l'école pour avoir la moindre illusion sur l'état de la machine et l'importance de leur rôle. Des mercenaires. Mais eux au moins ne souffraient pas.

« Grotesque, dit Marlot. Proprement grotesque. » Il était resté silencieux jusqu'alors, contemplant la scène d'un sourcil réprobateur. « Regarde-nous, tous en rang, le gobelet de pyrex à la main, faisant la queue devant le café après ce grand élan contestataire... Loin de moi la pensée de trahir les avancées chèrement conquises par nos pères, bien entendu. Mais pendant que nous goûtons aux joies retrouvées de la révolution, nos élèves poireautent dans la cour par une température très inférieure au minimum syndical.

— Geneviève dirait que ce n'est pas à nous de compenser le manque de locaux et de surveillants », remarqua Beaujeu en haussant les épaules.

Une estime réciproque liait les deux hommes. Plusieurs jours durant, au début, ils s'étaient flairés à distance, s'observant sans oser s'aborder avec une sorte de défiance. Il y avait en Marlot un mélange insaisissable, quelque chose d'inactuel et de péremptoire tout ensemble : une forme d'intransigeance, la raideur, le mince parapluie noir, les manières cassantes d'un pasteur anglican, mais aussi le tweed lâche, les gilets un peu mités, l'épicurisme teinté d'indulgence du médecin de campagne au front vite dégarni par l'intime connaissance de la souffrance humaine.

« Beaujeu ? Philippe Beaujeu ? avait-il répété le premier jour. Lu ce nom dans *Le Monde*. À propos d'un roman.

— Oh, un péché de jeunesse », s'était excusé Beaujeu. Son premier, son unique roman publié quelques années plus tôt. Éditeur et tirage confidentiels. Une expérience finalement assez humiliante. Au lieu de l'extraire de la masse de ses collègues, ce livre avait eu l'effet inverse, révélant publiquement qu'il était comme tout le monde — un petit prof qui rêvait d'écrire, qui avait poussé l'entêtement jusqu'à terminer un livre, l'outrecuidance jusqu'à le publier, s'offrant aux regards sous le jour vaguement pitoyable d'un enfant déguisé dans le costume d'un frère plus grand.

« Tttt ! avait protesté Marlot. Une critique élogieuse, il me semble. » Puis, tendant vers lui sa large poigne : « Marlot, histoire-géo. Nous avons une classe en commun. »

La mention du *Monde* surtout les avait rapprochés. À la façon d'un signe maçonnique, elle signifiait qu'ils étaient deux à lire encore, qu'ils appartenaient au même mouvement de résistance clandestine dans le vide sidéral de la salle des profs.

« Ce ne sont pas les réformes qui tueront l'enseignement, Philippe, continua Marlot en montrant le petit groupe qui s'agitait. C'est *elles*. Elles et leurs règles douloureuses, leurs humeurs, leurs affects... Qu'on ne me parle plus de crise de l'éducation. Nous faisons tous un métier pour épouses délaissées.

— Misogynie facile, Marlot. Si tu en as assez, demande ta mutation. Pourquoi pas le lycée ?

— J'en viens. Trop tard. Trop vieux. À force de mettre nos élèves en garde contre les difficultés de la seconde, le lycée me fait peur à moi aussi. J'ai fini par m'habituer à ma condition d'éternel redoublant. »

Il porta à sa bouche la liste qu'il roulait entre ses doigts, tira un barrissement lugubre de cette trompette improvisée, puis la jeta avec dégoût.

« Et puis, continua-t-il, enfonçant avec résignation ses mains au fond de ses poches, à mes débuts, j'avais encore des principes moraux... Malgré le gringue qu'elle me faisait, j'ai attendu les conseils de fin d'année pour sortir cette blondinette de terminale A3 dont je t'ai parlé... Je n'aurais plus cette force d'âme aujourd'hui. Ce serait le loup dans la bergerie. »

Devant l'air dubitatif de Beaujeu, il s'enfiévra : « Elles ont vingt ans, Philippe, le permis de conduire ! Elles font le siège de ton bureau à la fin de l'heure en suçant leur stylo pour que tu les éclaires sur la culture extensive du riz dans le delta du Gange ! Un saint n'y résisterait pas... Imagine : une classe entière de Marie-Paule ! »

Comme ce serait facile, se dit Beaujeu. Céder à la tentation, saisir chaque occasion dès qu'elle se présente... Marlot, lui, n'avait pas ces scrupules. Devant le gouffre, il avait toujours plongé, la tête la première, multipliant les aventures avec une ivresse suicidaire qui terrifiait Beaujeu. L'histoire de sa vie sentimentale ressemblait à un rébus insoluble, une suite d'intrigues échevelées, de filatures, de trahisons, dans lequel son couple s'était perdu quelques années plus tôt.

Le fait n'avait surpris personne : comme d'autres sont faits pour le célibat, Marlot était né pour être divorcé. C'était un homme à femmes, un séducteur impénitent guetté par la cinquantaine et l'hypertension artérielle, que Catherine avait détesté dès le premier regard. Avec la sûre intuition de son sexe, elle avait aussitôt deviné, derrière le charme de sa personne, un couple détruit, une épouse trahie auprès de laquelle elle s'était instinctivement rangée, s'étonnant d'une amitié qui, par quelque étrange détour du cerveau féminin, semblait la trahir elle aussi.

« Une seule Marie-Paule est déjà trop pour moi », remarqua Beaujeu non sans amertume.

Il n'enviait pas à Marlot ses prérogatives de mameluk, grand Dieu non ! Il était trop conventionnel pour cela. Échapper à la torturante culpabilité qui le liait à Marie-Paule, voilà juste ce qu'il demandait.

« Si je devais m'atteler un jour à une thèse de socio, continua Marlot hors de propos, sais-tu quel en serait le sujet ? Le café en milieu enseignant... Ne fais pas cette tête. Il y aurait vraiment quelque chose à écrire là-dessus. Notre consommation immodérée, par exemple, alors que nous sommes tous de grands malades des nerfs... Le tollé qui a accueilli le projet de l'administration de remplacer notre vieille Seb pétaradante et autogérée par un distributeur à pièces...

— Avoue que ce serait moins convivial. »

Marlot secoua la tête.

« J'ai toujours pensé que notre convivialité n'était qu'une forme de pitié collective... Voilà qu'il neige maintenant. Ce silence tout à coup ! Le peuple se serait-il exprimé ?

— C'est la grève, Marlot », dit Gérard gravement.

Mais nul ne l'écoutait. Tournés vers les verrières, ils contemplaient le ciel où les premiers flocons commençaient à tomber, une nuit blanche et silencieuse qui se serait déchirée brusquement.

10 h 30
Explication de texte

« Regarde, murmura Maude. On dirait ces boules de verre qu'on agitait quand on était enfants. C'est drôle, la première neige me rend toujours mélancolique, je ne sais pas pourquoi. »

Elle se serra un peu plus contre Beaujeu, les yeux écarquillés.

« Quand j'étais petite fille, à la Croix-Rousse, j'avais de gros godillots à passants métalliques, des chaussettes de laine qu'on roulait sur la cheville. J'adorais attraper les flocons sur le bout de la langue pour les laisser fondre... Naturellement, c'était interdit. Tu penses, toutes ces petites filles recevant la communion du ciel ! T'ai-je déjà dit que j'avais été élevée chez les sœurs ? »

Il passa son bras autour de ses épaules, la serrant avec affection. « Crois-tu sincèrement que j'ignore un seul détail de ta précieuse existence ? »

Elle répondit à sa pression, abandonnant contre lui son corps mince, presque sans poids. Hanches étroites, une poitrine menue de jeune fille, un air d'éternelle adolescente. Maude Labarthe allait avoir cinquante ans, opposait à l'âge le miracle de ce corps d'ingénue où les nerfs déjà avaient pris le relais de la jeunesse. Dans le mouvement qu'elle fit, de petites boules de cuivre se mirent à tintinnabuler à ses oreilles.

« Tu sais bien que tu es le seul à qui je puisse tout dire. Les autres sont tellement rustres... Il n'y a que Jacques et toi. Mes chevaliers servants. »

Elle se dégagea, plissa le nez avec une petite moue charmante.

« Tu sens bon. Tu as changé d'eau de toilette ? Un peu poivrée, mais très virile. Attends que je devine... Givenchy, c'est ça ? J'ai un sens infaillible pour les parfums coûteux. J'ai dû être nez dans une vie antérieure. »

Il ne put réprimer un sourire. Maude était si frivole, si indéniablement, si délicieusement snob ! Elle s'habillait avec recherche, un cocktail sophistiqué d'élégance bourgeoise et de simplicité, combinant de petits caracos brodés trouvés sur les marchés à de longues jupes fluides, des pulls en soie sauvage et des bracelets clinquants. Souvent, elle lui demandait son avis : que pensait-il de sa coiffure, ce nouveau carré court qu'elle venait d'adopter ? De ses dernières lunettes ? Est-ce que les montures bleues ne la vieillissaient pas ? Des Tachini, mon chéri... Astronomiques, une vraie folie, mais que veux-tu : il n'y a que les Italiens qui sachent encore faire des lunettes aujourd'hui... Serge, bien sûr, préférait les autres. Mais elle voulait l'avis d'un homme de goût : Philippe, mon chéri, toi qui as tellement de sensibilité. Sois sincère, surtout... C'est si affreux : je vais avoir cinquante ans !

« Et puis, tu me ferais passer pour une femme facile. Ne crois pas que je me confie à tout le monde : au fond, je suis très secrète, très pudique. C'est ce que me disait toujours ce confrère de mon mari avec qui j'ai eu une liaison autrefois. Un homme plus âgé que moi, mais si délicat, si raffiné ! “Maude, me disait-il, ce que j'aime en vous, c'est votre merveilleuse pudeur...” D'ailleurs, j'ai toujours été attirée par les hommes d'un certain âge... Serge mis à part, bien sûr. Est-ce que tu crois que j'essaie de me débarrasser de la figure de mon père en vivant avec Serge ?... Tu vois, tu ne sais pas tout de moi. J'ai encore mon jardin secret. »

Comparé à celui de Maude, convint-il, son propre jardin secret ressemblait à un jardin de curé : un petit carré sagement ratissé, quelques rangées de choux alignés en bon ordre. Maude, elle, était une jungle, une forêt druidique hantée de faunes et d'elfes.

« J'étouffe dans cette salle, Philippe. J'ai toujours eu peur des groupes, du collectif. Tu connais mon sens de la justice ; mais faut-il que cela prenne toujours cette horrible forme populaire ? Quelquefois, je pense sérieusement à la retraite, à me retirer quelque part où je trouverai la solitude et le recueillement. Une abbaye, peut-être, une sorte de mont Athos, un endroit tout simple où l'on n'accède qu'en panier pour méditer et pour écrire.

— Tu redescendrais vite en ville faire les boutiques.

— Tu crois ? » Elle réfléchit intensément. « Tu me ferais une liste de livres. Toutes ces œuvres merveilleuses qui restent à découvrir ! Tiens, offre-moi une cigarette. Comment fais-tu, avec ta petite famille, pour trouver encore le temps de lire ? Je me trouve si bête, souvent, si inculte ! J'essaie de lire René Char pendant que Serge regarde un de ses affreux matchs de catch à la télévision. Alors, il y a ces hommes à moitié nus qui s'empoignent les parties sur l'écran, je me laisse distraire, gagner par la facilité...

— Mathilde va avoir dix ans, Lucie bientôt six. Elles sont déjà très autonomes », se récria-t-il, conscient de ne pas trouver le mot juste.

Maude le fixa un instant, rapprochant son visage si près du sien qu'il pouvait sentir le parfum de noisette de son haleine.

« Qu'y a-t-il, Philippe ? demanda-t-elle abruptement. Dis-moi ce qui se passe. Je te sens si triste en ce moment, si las. »

Il grimaça un sourire gêné.

« Trop de sexe et de drogues dures, je suppose.

— Allons, tu sais bien qu'on ne peut rien me cacher. Je te connais sur le bout du doigt. J'ai lu ton livre, mon chou, et tu sais que je suis bonne lectrice. Toute cette douleur, Philippe, ce désespoir qui sourd entre chaque ligne. »

Il se rétracta. De quel droit s'emparait-elle de son livre pour le mettre à nu ? Il y avait mis beaucoup de lui-même, assez du moins pour comprendre qu'il n'était pas un écrivain. Aussitôt après l'avoir lu, Maude avait exigé de faire son thème astral, ce qu'il avait eu la faiblesse d'accepter : depuis, c'était comme s'il s'était trouvé transparent et sans défense sous l'œil perçant de son amie, fouillé jusqu'à l'âme dans ses recoins les plus secrets.

« Une pose, se défendit-il. D'ailleurs, je travaille à autre chose. Tu verras, un bouquin d'un tout autre genre. »

Il se renfonça dans le canapé, regrettant aussitôt cet aveu et les images qu'il réveillait. Carnac, la maison familiale au toit vert, la petite machine à écrire trônant sur une table de jardin... Allongée dans une chaise longue à ses côtés, le visage enfoui sous un chapeau de toile à large bord, Catherine enduit sa peau fragile d'une crème protectrice plus épaisse que du fromage blanc. Ses filles, déjà brunes, construisent une cabane dans les lauriers. Temps parfait, se souvient-il. Parfois, au-dessus du mur du jardin, passe entre les pins un long voilier aux mâts couchés. Même son beau-père, si entreprenant d'habitude, attend que le soleil ait tourné derrière le toit de la maison pour faire vrombir la scie sauteuse dans son petit atelier.

Et cependant, il n'avait rien écrit. Pas une ligne, pas un mot qui vaille durant toutes ces longues heures, pêchant de la pointe du petit doigt le moucheron noyé dans son verre de bière, ôtant de petites peaux desséchées sur son épaule, feuilletant *Marie-Claire* en douce quand Catherine rentrait préparer le repas... Il l'entendait chantonner à la cuisine, la regardait dresser la table sous le pin avec le vieux service de famille en faïence ébréchée.

« Tu as bientôt fini ? disait-elle. Non, non, prends ton temps. On déjeunera quand tu voudras. »

Il essayait de l'attraper mais elle s'enfuyait, juvénile dans ses espadrilles lavande, un grand tee-shirt flottant sur ses jambes nues.

« Il faut que j'ébouillante les tourteaux, lançait-elle de loin. Continue de travailler. Et puis papa pourrait sortir. »

Il n'avait pas envie d'écrire. Bloqué, paralysé devant cette fraîcheur de petite fille que Catherine retrouvait auprès de ses parents, et qui la rendait si émouvante, si désirable et inaccessible. Comment lui dire que c'était d'elle qu'il avait envie ? La passion charnelle des premières années de leur mariage qu'il regrettait ? Il restait devant sa feuille, s'engluant chaque jour davantage dans quelque chose d'épais et de transparent, une quiétude sirupeuse dans laquelle il sombrait, écoutant chantonner au premier la mère de ses enfants, ses filles courant sur le gravier — cette atonie dans laquelle était entrée sa vie et dont rien, jamais, pas même ce livre qu'il n'écrirait pas, ne saurait l'arracher.

Mais pouvait-il raisonnablement parler de cela avec Maude ? Lui donner ce pouvoir sur lui ?

C'est horrible, Maude, aurait-il voulu dire. Je vais avoir quarante ans. Que me reste-t-il à vivre ? J'ai une épouse adorable, deux chéries aux visages d'anges menacées d'un appareil dentaire et qui se peignent en cachette les ongles des orteils. Si longtemps j'ai cru que le bonheur était cette chose simple qui m'était advenue sans que je l'aie choisie. Que m'arrive-t-il aujourd'hui ? Cette impression nouvelle d'être séparé de moi-même par la vitre hygiénique d'un guichet des postes, cette lassitude... Est-ce là la douleur dont tu me parles ?

« Tous les artistes sont malheureux par essence, Philippe, tu le sais bien. Malheureux et mal mariés. Regarde Baudelaire, Verlaine... Tu n'écrirais pas si tu étais heureux.

— Je ne suis pas un artiste, Maude, c'est là que tu te trompes. Je suis seulement un petit prof comme toi, comme Marlot.

— Tu vaux tellement mieux, mon chéri. La vérité, c'est que tu n'oses pas t'avouer ce que tu éprouves. J'ai connu cela, moi aussi : on n'échappe pas à son éducation judéo-chrétienne. Je sais de quoi je parle, j'ai été élevée chez les sœurs. Chaque fois que j'ai trompé Labarthe, je n'ai jamais été plus amoureuse de lui. Catherine peut comprendre ça, si elle t'aime : que tu as besoin de liberté, qu'elle est nécessaire à ton œuvre, à ta sensibilité, et que tu lui reviendras plus fort, enrichi. »

Elle appelait son ex-mari par son patronyme,

comme pour expulser d'elle jusqu'à ce nom qu'elle avait porté. Beaujeu secoua la tête. « Catherine a beaucoup d'humour, sauf en ce qui nous concerne », expliqua-t-il tandis que les longues jambes de Marie-Paule se glissaient silencieusement dans son champ de vision.

Maude secoua la tête.

« Elle tient à toi, mon chou. Toutes les femmes savent qu'on ne peut retenir un homme contre son gré. Je l'ai su tout de suite avec Labarthe. J'en souffrais, bien sûr, et Catherine en souffrira, mais je le laissais libre. »

Involontairement, elle palpa sur son doigt la petite dépression laissée par son alliance, repoussa devant elle un nuage de fumée.

« À propos, t'ai-je raconté l'autre soir avec Serge ? C'était drôle ! Il regardait son catch à la télé. Alors, naturellement, ça a fini comme ça devait finir... Et, juste au bon moment, alors qu'il allait me rendre heureuse, j'aperçois les deux yeux de Constance, ma petite chatte angora, braqués droit sur nous ! Eh bien, tu me croiras si tu veux, je n'ai pas pu... Rien. Comme un petit radiateur en moi qui se serait subitement débranché. Tu imagines le drame que ça a fait. Pauvre Serge ! Déjà qu'il ne regarde le catch que pour se prouver sa virilité. »

C'était ainsi qu'il la préférait : changeante, frivole, sautant d'une pensée à l'autre telle une boule de coton roulant au moindre souffle d'air.

Elle mit sa main dans la sienne : « Tu te rends

compte ? Il faut que je me mette toute nue devant toi pour t'arracher un sourire... Mais ça ne fait rien. Tu ris, c'est l'essentiel. »

Dehors, la neige tombait toujours, bleue et irréelle. Il tâta son front : il était brûlant, ses pieds gelés. Peut-être n'avait-il qu'un peu de fièvre... Tout était vague autour de lui, assourdi, étrangement dénué de sens. Les propos de Maude avaient brutalement fait retomber la vitre.

Il se sentait absent, hébété, perdu parmi les siens comme un visiteur égaré au milieu d'un groupe de touristes japonais. Tant qu'il travaillait, il gardait pied. Quelque chose en lui continuait d'alimenter la machine, le pantin des habitudes accomplissait ses gestes à sa place, dévidait tout seul les ficelles du métier. Il quittait seulement le collège un peu plus vide, en proie à cet état somnambulique que procure une journée entière passée en pilotage automatique. La fin des cours, le vacarme de l'avenue, rien ne parvenait plus à l'éveiller tout à fait : il rentrait, retrouvait Catherine, les enfants, son petit monde inchangé, désespérément immobile et cependant méconnaissable, posé à côté de lui à la façon d'un rêve.

Certains jours, il s'éveillait plein d'énergie, en phase avec lui-même. La crise était passée. Elle revenait le lendemain, insidieusement, le laissant se débattre de nouveau dans cette vie inconsistante des manuels de grammaire, peuplée de prénoms vides, de figures sans corps accomplissant leurs vaines pirouettes dans le monde virtuel et sans pesanteur de la syntaxe. Cette fois, c'était la faute de Maude. Sa manière de le pousser dans ses derniers retranchements, de forcer son intimité. D'annihiler toute résistance par ses approches frontales.

« Ne perds pas ton temps à nos petites histoires mesquines, disait-elle souvent. Tu vaux tellement mieux que ça. »

Auprès d'elle, il pouvait entretenir l'illusion qu'il était différent, égaré dans la salle des profs par quelque aberration du destin plus que par choix. En attisant son désir d'une autre vie, Maude le déchargeait en même temps du poids de sa propre conscience, flattant sa propension à s'apitoyer sur lui-même, à rendre les autres (Catherine, les enfants, le métier) responsables de ce qu'il était devenu, de ce chemin trop balisé sur lequel son couple et sa vie d'homme se trouvaient désormais engagés inéluctablement.

Mais il y avait Marie-Paule. Et Marie-Paule n'était pas une illusion. Non pas la cause de son malaise, peut-être, mais un symptôme. Un symptôme de chair et de sang, un bloc massif de réalité, impossible à dissiper aussi facilement qu'un songe ou que les fantasmes astrologiques de Maude.

Avaient-ils pu croire sincèrement à l'efficacité de leurs conventions ? À cette distance qu'ils s'imposaient depuis Venise ? Elle avait été chic. Ni chantage ni menace. Pas de scène. Elle avait accepté ses conditions, s'était pliée trop aisément aux règles monastiques qu'il avait édictées, à ce code de bonne conduite qui devrait régir désormais leurs relations : leurs rencontres limitées au strict cadre de l'établissement, les collègues entre eux comme l'épée entre Guenièvre et Lancelot, cette feinte indifférence qu'il leur faudrait maintenant cultiver en public, le regard des élèves pour caution. Elle avait dit oui à tout, s'y était efforcée jusqu'alors avec trop d'application (il le découvrait aujourd'hui), sachant avec le sûr instinct des femmes combien son zèle rendait leurs précautions dérisoires, et que chaque obstacle entre eux ne faisait qu'attiser un peu plus le désir qu'il tentait d'éteindre.

Allons, s'encouragea-t-il sans conviction. Il avait fait trop d'efforts depuis Venise. S'était cru guéri quand il n'était que rassuré. Et maintenant, il suffisait d'une coupure de chauffage et son propre thermostat intérieur se détraquait à son tour, insensiblement, le laissant démuni et sans force.

« On gèle ici, dit Marie-Paule en se coulant vers lui. Je m'ennuie. Je monte ranger ma salle. À moins que tu ne m'emmènes immédiatement boire un café quelque part. »

Devant le regard désespéré qu'il jetait autour de lui, elle changea l'angle de tir : « Tant pis. Déjeunons ensemble, alors. Au Relais, à midi. »

Ce n'était pas une invitation : un ordre, l'expression d'un désir impérieux auquel il n'était pas concevable de résister. Sans attendre de réponse, elle tourna les talons et disparut vers les étages de sa démarche ennuyée de danseuse.

Hors programme :
Activités périscolaires

AUTORISATION DE VOYAGE SCOLAIRE

Lieu du déplacement : Venise (Italie).

Dates du voyage : 8-16 novembre.

Professeur organisateur : Marlot Jacques, histoire-géographie.

Classe(s) concernée(s) : quatrième 3 — quatrième 6.

Objectifs pédagogiques : Venise et la Renaissance italienne, découverte d'une ville d'art et de culture.

« Équilibrons, avait suggéré Marlot à l'instant de remplir la rubrique "Accompagnateurs". Deux hommes, deux femmes. Je proposerais bien une place à Sarah Zimmerman. Il nous faut une maman et les élèves l'adorent. Elle nous soulagera des bobos et des peines de cœur. »

Ils n'avaient pas eu à regretter ce choix. Sarah s'était montrée parfaite, en particulier lorsque Sabine Jourdan, quatrième 3, avait eu ses premières règles dans le train de nuit, vers deux heures du matin. Le voyage, pour le reste, s'était déroulé sans incidents notables : quelques interventions musclées dans les compartiments des garçons, de brefs accès de cafard à consoler, puis la petite Magalie Le Guen dont il avait fallu plonger la tête en catastrophe dans un sachet en plastique Carrefour pendant une crise de spasmophilie.

Durant tout ce temps, roulée en boule sur la couchette du haut, Marie-Paule dormait profondément, la tête dans le creux du bras. Ni les poursuites le long des couloirs ni, le calme enfin tombé, l'intrusion de la douane helvétique, à Domodossola, dans le compartiment où Marlot en chaussettes cherchait désespérément un passeport manquant, n'avaient su la tirer de ce sommeil spectaculaire.

La nuit suivante, tandis que Beaujeu et Marlot arpentaient la moquette râpée de l'hôtel Carpaccio, établissement de second ordre dont les fenêtres donnaient sur la terrasse d'une pizzeria, Marie-Paule dormait encore dans la chambre 21, se reposant sur eux des règles de police qu'ils tentaient vainement de faire respecter.

« Ces gamines ont le feu aux fesses ou quoi ? C'est bien la dernière fois que j'organise un hébergement à l'hôtel », fulminait Marlot, en faction sur le palier stratégique du troisième étage.

Sous la lumière des ampoules nues, ses joues étaient cireuses, déjà bleuies par une deuxième nuit sans sommeil.

« Ça a l'air de se calmer, observa Beaujeu. Si nous allions nous coucher ? »

Marlot maugréa quelque chose sur la proportion d'élèves enceintes avant l'âge du BEPC et l'influence pernicieuse du climat latin sur les filles de cadres. Et puis merde, après tout ! Qu'elles se débrouillent : il n'allait pas jouer les chaperons durant tout le séjour.

Dans la chambre qu'ils partageaient, tandis qu'il pliait soigneusement son pantalon dans les plis, s'enduisait un à un les orteils en bâillant avec une pommade Akiléïne contre la transpiration : « Brillante idée en tout cas de choisir Marie-Paule, remarqua-t-il. Elle fait une cure de Penthotal, c'est ça ? »

Beaujeu se coula avec précaution entre les draps trop courts avant de faire remarquer que c'était lui, Marlot, qui avait proposé Marie-Paule, misant sur l'effet stimulant de son type de brune après quelques jours d'une indigestion de Madones et de beautés blondes du Quattrocento. D'ailleurs, Marlot avait toujours considéré les jeunes auxiliaires comme son terrain de chasse privé, un contingent spécialement affecté à sa concupiscence par le ministère.

La nuit avait effacé cet accès d'humeur passager. Marlot avait trop l'âme d'un chef : ce voyage était le sien, et il n'eût pas toléré qu'on lui volât la première place.

Dès le lendemain, l'œil vif, la narine frémissante, il entraînait ses troupes dans des marches forcées à travers les dédales de la ville, pointant avec sûreté de son parapluie le chemin qu'il fallait prendre, le guide serré sur la poitrine à la façon d'un clergyman parcourant son diocèse au pas de charge.

Beaujeu, réduit à jouer les utilités, courait derrière les traînards, se perdant à son tour dans les ruelles pour ramener les égarés.

« Jamais on ne retrouvera l'hôtel, M'sieur », gémissait la petite Jourdan. Il s'essayait à être rassurant, jonglant frénétiquement avec des lambeaux de plan. Est-ce qu'il avait l'air perdu ? C'était assez simple, au fond : ils devaient se trouver approximativement dans ce périmètre-ci, l'hôtel n'était plus bien loin.

Mais soudain, propulsés par la foule, ils débouchaient sur une placette pour découvrir Marlot, debout sur une fontaine, qui haranguait les cariatides d'un palais décati rongé par le salpêtre. « Un peu de tenue, Le Dantec ! Vos parents ne vous ont pas offert ce voyage pour vous permettre de vous vautrer dans le caca de pigeon ! Si vous restiez la nuit dans votre chambre, vous seriez plus vaillant pour visiter... »

« On pourrait peut-être leur épargner l'Accademia », avait suggéré Beaujeu le troisième jour, en rassemblant les restes épuisés de ses propres troupes sur le parvis.

Le groupe qu'il encadrait ressemblait de plus en plus à une armée en déroute. Au loin, poursuivant leur programme avec une endurance héroïque, les élèves de Marlot et de Sarah prenaient d'assaut le vaporetto, disparaissant dans les reflets éblouissants du Grand Canal.

« C'est toi le chef », grimaça Marie-Paule.

L'état de ses pieds, chaussés de fines sandales à lanières coupantes, plaidait pour la nécessité pédagogique d'un quartier libre. Le groupe s'égailla comme une volée de moineaux, les laissant seuls à la terrasse d'un café en plein air. Cette petite lâcheté avait un air de vacances : à leur tour, ils séchaient, et cette liberté qu'ils s'accordaient à l'insu de Marlot rattrapait en quelque sorte le jour excessivement professionnel sous lequel s'était d'abord montré Beaujeu dans ses rapports avec elle.

Le lendemain, à Murano, ils avaient récidivé, s'installant au soleil près du débarcadère tandis que leurs élèves envahissaient en meute les ateliers des souffleurs de verre.

« *Murano : découverte d'une industrie millénaire* », indiquait pour ce jour le programme de Marlot.

« Cette île me donne la nausée, dit Marie-Paule. Elle me rappelle l'appartement de mes parents. Sur la télé, il y avait des napperons au crochet, des cendriers en lave, des petits chevaux et un dauphin de verre filé. On a même eu une danseuse espagnole, avec des jupes de gaze et des coquillages en guise de castagnettes. Je me souviens, ma mère me donnait une petite pièce pour y faire la poussière.

— Au moins, avait observé Beaujeu, les garçons ont meilleur goût. Tu as remarqué ? Ils se sont tous acheté des poignards à cran d'arrêt. Je me demande parfois si nous ne nous faisons pas d'illusions sur la vertu formatrice des voyages scolaires. »

La douceur de l'air, ce soleil qui chauffait les tables le rendaient léger, détendu. Depuis qu'ils faisaient l'impasse sur la première partie du programme de Marlot, une nouvelle rubrique venait s'ajouter à l'intérêt pédagogique du voyage : Marie-Paule et ses lunettes à verres polarisants, retenus autour du cou par un ruban multicolore. Marie-Paule et son maillot en latex moulant, une sorte de body à col montant qui dégageait ses épaules et faisait saillir son buste à la manière d'une tenue de gymnaste. Marie-Paule et sa chair drue sur laquelle tout marquait, ses ongles courts et ronds d'adolescente, son rire sonore.

Chacun de ces détails, pris un à un, empêchait qu'il la trouvât véritablement jolie. Mais tous ensemble, ils composaient un type jusqu'alors inconnu, une espèce nouvelle qu'il ne pouvait situer et qu'il regardait avec un mélange de surprise et de curiosité. Dans le vocabulaire limité de son expérience des femmes, il ne trouvait pour la définir que le terme techniquement inadéquat d'*étudiante*, une sorte d'être intermédiaire entre Catherine et ses élèves les plus précoces. De ces dernières, elle avait les tenues extravagantes, les manières brusques, l'insouciante immoralité. De Catherine, la rapprochaient une même appartenance à l'âge adulte, une taille légèrement supérieure à la moyenne, un corps de femme épanoui qui ne gardait plus rien des indécisions de l'adolescence. Physiquement, tout les séparait pourtant. Catherine était jolie, d'une beauté plus régulière que Marie-Paule. Il en était de son corps comme de leur appartement : elle y semblait en location, soucieuse des voisins, l'entretenant avec soin et dignité comme s'il avait fallu un jour le rendre dans le meilleur état de conservation possible. Maquillage léger, pas de cigarettes, sucre édulcoré, huit heures de sommeil par nuit, longues promenades respiratoires le dimanche pour chasser les miasmes de la semaine. Les amies qu'elle fréquentait relevaient toutes plus ou moins de ce type : mères de famille encore jeunes, responsables, élégantes, avec des comptes en banque et de petites voitures aux formes rondes et rigolotes encombrées de sièges-autos. Toutes ensemble, elles faisaient les soldes des grands magasins au moment du printemps, recevaient des flopées d'enfants pour les anniversaires, faisaient une fois l'an un frottis vaginal, ne parlaient sexualité entre elles qu'au sortir du gynécologue.

Devant Marie-Paule, Beaujeu se trouvait comme un enfant à qui l'on eût caché jusqu'après la puberté l'existence d'une espèce de cousine restée sauvage, aux manières libres et sans complexes, qui s'habillait chez les fripiers des Halles et portait en guise de sac un fourre-tout marin bourré de serviettes périodiques et de mouchoirs en papier. Avec ce visage candide aux longues paupières ombrées de velours, au nez fin et intelligent, avec cet air de santé éclatante qu'aucun fond de teint n'eût pu imiter, Marie-Paule serait passée dans le monde de Beaujeu pour l'un de ces dangereux rats d'hôtel en tenue moulante qui grimpent par les gouttières et que toute épouse digne de ce nom redoute de voir un jour se glisser dans la chambre nuptiale. Sa manière de mordiller ses lèvres quand elle réfléchissait comme pour tester la résistance d'un fruit mûr, celle de balayer sur les côtés de son visage les mèches de cheveux rebelles, de cambrer les reins pour délasser son dos meurtri par les chaises du café, étaient trop ouvertement sexuelles, trop délibérément suggestives. Ses formes pleines et rebondies, le grain sensible de sa peau, sa façon de soutenir le regard, tout en elle trahissait une nature ardente et voluptueuse, l'absence d'inhibition, une sensualité trop débordante pour ne pas susciter la méfiance de Beaujeu, ne pas brusquer l'image conventionnelle et un peu mièvre qu'il se faisait de la féminité.

Faire l'école buissonnière avec une fille telle que Marie-Paule l'amusait. Elle lui rappelait les muses à longues crinières de Normale Sup, avec leurs foulards indiens, leurs longues jambes creuses, les amazones en blousons de moto, efflanquées tels des chats, qu'on voyait au matin sortir des carrées des agrégatifs de philo, toute la faune de sa jeunesse, les improbables amies de ses amis, qui avaient précédé l'époque des stérilisateurs à biberons et des vergetures d'après-grossesse. Qu'une fille dans son genre s'intéressât encore à lui le flattait : c'était une sorte de complicité contre nature, un état régressif et voluptueux — l'influence lénifiante du climat latin, aurait dit Marlot —, un long quartier libre qu'il s'accordait dans cette petite île aux maisons ocre et roses, laissant ses élèves flirter près des canaux et faucher dans les boutiques des oiseaux siffleurs en verre soufflé, produits corrompus d'une industrie millénaire.

Qui était-elle vraiment ? Elle parlait peu d'elle-même, trop indépendante pour se sentir rattachée à une histoire, fût-elle la sienne. Elle vivait, voilà tout. Elle avait toujours été du genre solitaire, cavalier seul. Une enfance passée à la montagne, des parents qui tenaient un magasin d'articles de ski. Études à Grenoble, une première année de médecine à Paris, pour voir, une maîtrise de sciences nat. Paris était la seule ville au monde. Cinq millions de possibilités à la seconde. En deçà, elle étouffait. Elle n'était bien que dans l'agitation d'un bouillon cellulaire. Il fallait qu'elle se perde, ne pouvait vivre que dans les franges de catastrophe, un Liban perpétuel traversé de grandes zones d'hibernation où plus rien n'existait : elle faisait le vide autour d'elle, se débranchait, établissait entre le monde et elle une frontière étanche. La moindre présence à moins d'un kilomètre de son duvet lui devenait insupportable. Ne parlons pas des classes. Même les livres semblaient des intrus. En fait, Beaujeu avait beaucoup de chance : elle émergeait tout juste d'un de ces cycles, ne savait pas encore s'il était fini.

« Je t'ai vue avec un Stefan Zweig, avait-il observé.

— D'accord. Je lis beaucoup. Wittgenstein, la poésie japonaise, les romans de Philippe Sollers, Fernando Pessoa, Pynchon, John Fante, Tabucchi. Tout ce qui me tombe sous la main. C'est curieux, non ? Les filles qui ont des seins passent toujours pour des demeurées. Est-ce que j'ai réussi l'examen ?

— Simple curiosité, voilà tout.

— Quand je suis arrivée à Paris, j'ai vécu avec un type dans ton genre, un étudiant en lettres : la première fois qu'il est venu chez moi, il a commencé par étudier ma bibliothèque, comme pour savoir s'il pouvait rester.

— Et il est resté ?

— Oh, c'est comme avec les livres, je déteste m'ennuyer : ça n'a pas duré longtemps... Et toi ? Non, laisse-moi deviner. Je te verrais plutôt Wittgenstein que poésie japonaise. La littérature cérébrale. Je me trompe ?

— "Matin de printemps", "Brise du soir", récita-t-il. En fait, j'ai toujours pensé que ces types faisaient de la publicité déguisée pour des désodorisants sanitaires. »

Sur le bateau du retour, tandis que Marlot fièrement campé à la proue improvisait un commentaire géomorphologique des origines de la lagune, ils s'étaient isolés sur le pont arrière. Le vent ramenait des cheveux sur le visage de Marie-Paule, l'obligeant à un incessant mouvement de balayage.

« Je n'ai jamais pu vivre longtemps avec quelqu'un. J'aime les intensités, les histoires courtes et violentes. Passé la première semaine, je m'ennuie déjà mortellement. J'ai l'impression de mâcher un chewing-gum qui n'a plus de goût. »

Il hochait la tête, la regardant écarter posément les mèches qui recouvraient ses lunettes de soleil. Dans les verres polarisants, son propre visage se réfléchissait, curieusement dédoublé et ovoïde comme dans un miroir de foire.

« Un de mes amis a une théorie à ce propos, continua-t-elle. Il dit que deux personnes qui vivent ensemble se dévorent mutuellement et finissent par s'épuiser. Il appelle ça le consumérisme amoureux.

— J'ai lu un jour un bouquin sur ces survivants d'un avion qui s'est écrasé dans l'Himalaya. Ils se sont tous mangés entre eux. Peut-être y avait-il des couples mariés ?

— Mon copain est kiné. C'est un adepte de l'analyse transactionnelle : tu sais, les trois virtualités en nous. Selon les circonstances, on adopte l'une ou l'autre. En fait, c'est plus compliqué que ça. Je résume.

— Honhon. L'Adulte, l'Enfant, le Parent », acquiesça-t-il, se demandant lequel des trois rôles il endossait depuis le départ.

Était-ce lui que Marie-Paule visait en évoquant le cannibalisme des couples stables ? Dans celui qu'il formait avec Catherine, c'était elle l'Adulte, la raison et l'équilibre. S'étaient-ils usés, pillés durant ces quinze années dans les solitudes himalayennes du mariage ?

Il essaya de chasser le souvenir humiliant de cette photo montrant Catherine et les enfants qu'il avait fait circuler dans leur compartiment, le premier soir. Sarah, naturellement, s'était jetée dessus avec avidité. Marie-Paule, quand ce fut son tour, l'avait rendue sans un mot, presque sans un regard, et ce silence classait définitivement Beaujeu dans la catégorie des chewing-gums sans goût, lui faisant aussitôt regretter le certificat de fidélité qu'il venait d'exhiber si misérablement.

Quelle mouche l'avait piqué alors ? Il n'y avait rien d'ambigu entre eux. De quoi avait-il cherché à se préserver ?

Brusquement, la fatigue de la journée était tombée sur ses épaules. Ils s'étaient tus jusqu'au débarcadère. Dans le crépuscule qui descendait sur la lagune, les lunettes de Marie-Paule lui renvoyaient l'accablante image d'un homme déjà mûr, au front bombé, au crâne un peu dégarni — ce mari idéal des publicités pour lotions capillaires des coiffeurs de son enfance qu'il était malgré lui devenu.

Marlot était déjà dans la chambre lorsqu'il avait regagné l'hôtel. Le teint avivé par l'air du large, les poils du nez frisés en crocs, il bloqua du pied la porte pour l'empêcher d'entrer.

« La douche de la 21 est en panne, expliqua-t-il. J'ai proposé à Marie-Paule de profiter de nos installations privées. Est-ce que tu n'as pas un cadeau à rapporter à Catherine ? »

Beaujeu était reparti, traînant la jambe. La nuit tombée, la fatigue, les ruelles mortes du quartier avaient des allures de bannissement. Il erra autour de l'hôtel, ruminant son dépit, jetant vers les fenêtres éclairées des regards d'envie. Marlot avait beau être son ami, il trouvait un peu amer d'être évincé de sa propre chambre d'une manière aussi désinvolte. Que Marlot fasse ce qu'il voulait avec Marie-Paule : ils étaient libres tous les deux, sans attaches ni famille. Mais après leur complicité sur l'île, c'était comme si Beaujeu avait préparé, à son corps défendant, l'intimité qu'elle partageait avec un autre. Et puis, Marlot le décevait. Lui le chef, l'organisateur responsable, le cicérone et le mentor. La conscience morale. Tout de même, ils avaient charge d'enfants, de jeunes esprits impressionnables et candides. Ils avaient une mission sacrée. Un voyage scolaire, quoi qu'on en pense, n'était pas le lieu le plus opportun pour des travaux sexuels interdisciplinaires.

Il s'accouda au pont du Rialto, suivant les jeux de lumières qui se réfléchissaient sur les remous du canal. Un vaporetto passa, si chargé que l'eau montait presque jusqu'aux plats-bords.

C'est alors qu'il aperçut Marlot. Une silhouette filiforme, plutôt, qui aurait pu être celle de Marlot, un long corps maigre serré parmi la foule de la plate-forme, et qui disparaissait en cet instant sous les arches du pont, le parapluie sur l'épaule comme un fusil de soldat.

Il n'y comprenait plus rien. Se ruant vers l'hôtel, il trouva la clef de leur chambre pendue au tableau de la réception, grimpa quatre à quatre les étages pour la trouver vide. Il redescendit jusqu'à la 21, plaqua l'oreille contre la porte, entendit distinctement le ronflement régulier d'un sèche-cheveux. Son cœur battait à cent à l'heure, la sueur coulait le long de ses sourcils. Il était vraiment trop ridicule.

Le soir, ils firent une longue promenade jusqu'à l'Arsenal. La lune mettait sur la lagune des clartés de décor d'opéra. Un long détour par les ruelles, quelques haltes pour acheter des glaces. Marlot avait fait mouche. Épuisés par cette marche digestive, les élèves se couchèrent sans histoires.

« Première soirée tranquille, soupira-t-il en s'affalant dans le fauteuil à sangles du bar. Nous aurons la paix jusqu'au matin. Si nous en profitions pour goûter un petit alcool local ? Philippe, va nous chercher Marie-Paule. Dis-lui que c'est Sarah qui invite. »

Tout s'était passé très vite ensuite. Inutile de chercher des responsables : cela n'avait été en somme qu'un enchaînement de circonstances. Beaujeu n'avait rien voulu, rien décidé. C'était arrivé, voilà tout. Un malentendu prévisible, l'un de ces faux pas provoqués par le dépaysement. Il n'avait rien à se reprocher.

Il avait frappé doucement à la porte de la 21. Marie-Paule avait ouvert, jambes nues, une chemise d'homme en coton rayé qui lui tombait jusqu'aux genoux.

« Entre, avait-elle dit, se méprenant sur son mouvement de recul. Ne sois donc pas idiot. »

Elle avait passé son bras autour de son cou, crocheté sa langue de la sienne, l'entraînant à demi suffoqué dans une prise irrésistible jusqu'au lit. Plaqué sur le matelas par le poids de sa bouche, le corps coincé entre ses cuisses, il avait cédé à la violence de l'assaut, tentant vainement de dégager ses bras pour reprendre quelque initiative. Elle l'écrasait, sans autre appui sur le sommier grinçant que leurs deux bouches encastrées. Un instant, il imagina qu'elle allait se dresser au-dessus de sa tête, pointes tendues vers le plafond, à la façon d'une antipodiste montant une chandelle sur la mâchoire de son partenaire.

Malgré cette position inconfortable, il se retrouva nu avant d'avoir eu le temps de dire ouf, embarqué dans une étreinte que l'excès de leur hâte avait précipitée.

Il se dégagea, sautilla jusqu'à la porte pour donner un tour de clef.

« Les élèves », avait-il expliqué.

Ses vêtements jonchaient le sol. Elle le regardait depuis le lit, et il n'avait su si c'était cette prudence tardive ou le spectacle de sa nudité trop blanche qui avait provoqué cette moue amusée. Il avait rejoint le lit en quelques enjambées crispées, s'efforçant de sauver le peu de dignité que lui laissait encore cette chose piteuse qui ballottait entre ses cuisses.

Elle arracha le drap dont il tentait de se couvrir.

« De quoi as-tu honte ?

— Dans les films, c'est le moment où on éteint la lumière, fit-il avec une désinvolture forcée, se tortillant vers le cordon de la lampe de chevet.

— Mais nous ne sommes pas dans un film. Tu es réel, je suis réelle. Est-ce que ça n'est pas réel, ça ? »

La manière dont elle faisait l'amour emplissait Beaujeu d'une étrange panique, réveillant en lui une vitalité qu'il n'avait plus connue depuis longtemps. Réflexion singulière : il lui semblait que c'était la première fois qu'il faisait réellement l'amour *avec quelqu'un*, la première fois qu'il se trouvait au lit avec un autre être humain. Catherine, elle, s'abandonnait, se pliait à ses directives avec surprise, une sorte d'étonnement érotique qui donnait à leurs étreintes l'allure d'un rapt perpétuel. Après, elle aimait parler, le sexe n'avait été entre eux qu'un bref instant de griserie coupable dont il fallait s'éveiller au plus vite, chasser les derniers étourdissements dans un déluge de paroles. L'émoi passé, elle ramenait sur elle la couette douillette de leur amour, s'y lovait avec volupté, oubliant instantanément les gestes qu'ils avaient eus. Rien ne s'était passé. Une part peu civilisée d'elle-même avait juste cédé à ses instances, n'avait fait au fond qu'exprimer la profondeur des sentiments que l'autre part, la plus noble, continuait de lui porter. Si stimulante que soit cette manière de se donner (hussards investissant à cheval une isba pleine à craquer de jeunes filles laiteuses), Beaujeu en sortait toujours avec une légère pointe de frustration comme si, au sommet de la courbe, Catherine s'était soudain levée pour faire du café, le laissant s'agiter seul sur un leurre thermique.

Peut-être n'était-ce que le fruit de son inexpérience. Quinze années de fidélité sans taches finissent par former une sorte de deuxième virginité. Les murs aux papiers jaunis réfléchissaient au-dessus de sa tête l'étrange empoignade qu'il livrait avec une représentante de l'autre sexe, un être presque inconnu quelques heures plus tôt, une étrangère dont il n'avait jamais touché seulement la paume, et dont le ventre se pressait maintenant contre le sien avec autorité comme pour rattraper le temps perdu.

Elle faisait l'amour avec une énergie abrupte et animale, guidant ses gestes, exigeant en retour la même violence. Ils ne célébraient aucun sentiment. Ils luttaient corps à corps, semblant vouloir se vaincre en se donnant du plaisir. Était-ce la même jeune femme qui, sur le bateau des îles, fermait voluptueusement les yeux à la lumière du soir ? Elle avait jeté sa chemise par-dessus tête, sans pruderie ni simagrées, se débarrassant d'un accessoire devenu inutile à la façon d'une nageuse pressée d'en découdre. Elle ne se donnait pas : en se déshabillant, elle endossait une tenue de combat, une armure cachée sous la défroque de ses vêtements civilisés. À nous deux maintenant, semblait dire sa blancheur dans la lumière crue de la lampe. Voyons de quoi nous sommes capables.

Beaujeu était reparti à l'assaut une deuxième fois, s'étonnant des capacités nouvelles qu'elle éveillait en lui, comme si un autre homme, né de Marie-Paule, du désir qu'elle suscitait, avait accompli ses gestes à sa place. Quelque chose d'électrique émanait d'elle, de cet écusson de fourrure sombre à la jonction des cuisses, d'un noir profond, incroyablement fourni et soyeux au toucher, de son ventre plat, de la courbe fuselée de ses fesses. Ils tranchaient étrangement avec le reste de sa personne, tels les vestiges d'une anatomie primitive, des formes restées brutes sur le modelé d'un corps moderne, rompu aux techniques du stretching et de l'aérobic. Sous les épaules, le bout de ses seins avait l'apparence du caoutchouc brûlé. Ce n'étaient pas les attributs de son sexe — plutôt des insignes guerriers, une féminité compacte et agressive tout entière concentrée dans des marques tribales.

Maintenant, écrasé par le poids de ses propres membres, il gisait sur le ventre, les bras en croix. Il commençait à comprendre ses théories sur le cannibalisme amoureux. Une heure de Marie-Paule vous lessivait jusqu'à la moelle. Vivre avec elle devait ressembler à ces expériences de survie en milieu extrême qu'on voyait à la télévision : des types hagards, le visage mangé de barbe, résistant au blizzard sous une tente 100 % polyester.

« Est-ce que c'était bon pour toi ? » parvint-il à articuler.

Elle s'étira. « Devine. Tu as le choix entre deux touches : applaudissements ou rires enregistrés.

— C'est étrange, commença-t-il.

— Quoi ?

— Que je sois là. Que ce soit moi. Je veux dire : cet après-midi, j'ai cru que Marlot et toi... C'était idiot. »

Elle éclata de rire.

« Marlot ? Impossible. Nous nous ressemblons trop. Nous nous dévorerions.

— Mais moi ? Pourquoi moi ?

— Justement. Tu n'es pas comme lui. J'ai toujours adoré les hommes qui tachent leur cravate et vous renversent du vin sur les doigts.

— Très flatteur, fit-il en s'asseyant sur le lit. C'est ainsi que tu me vois ?

— Tu es drôle. Je n'y peux rien, j'aime les hommes qui me font rire. J'aime que tu veuilles payer les consommations au café et que tu n'aies jamais de monnaie, que tu rougisses quand tu m'effleures les seins en descendant ma valise du train. J'aime avoir un homme que je désire, surtout quand il attend trois jours avant de se décider. »

Debout au milieu de la salle de bains, il se regardait dans la glace. Les cheveux dressés sur le crâne, la poitrine creuse, un maigre sillon de poils bruns tortillonnant jusqu'au pubis. Était-ce de lui qu'elle parlait ? Lui dont elle avait attendu depuis le départ de Paris qu'il la rejoigne dans son lit ?

« Je ne sais pas comment je dois le prendre », fit-il, le verre à dents à la main, se campant dans le chambranle pour l'observer.

Tout était si surprenant. Comment avait-elle pu le désirer, lui, et sans qu'il vît rien ? Et pourquoi elle ? Elle correspondait si peu à son type de femme. Trop physique. Trop directe. Il aimait les beautés plus bourgeoises, un subtil mélange de mollesse et de raffinement. Catherine, par exemple. Marie-Paule était si différente. Il ne s'était pas méfié.

Elle eut une moue appréciative.

« Très élégant.

— Pardon ?

— Tes chaussettes bordeaux. »

Il regarda ses pieds. Dans sa hâte, il ne s'était pas aperçu qu'il avait gardé ses chaussettes. Une vieille paire de mi-bas élimés en fil d'Écosse au bout desquels son gros orteil dépassait, noirci par l'intérieur de ses chaussures en daim gratté. Il attrapa son pantalon, l'interposant devant son ventre. C'était la première fois qu'il était nu devant une collègue, et il ne s'était même pas coupé les ongles des pieds.

« Je croyais que tu n'avais plus d'eau dans ta

chambre, s'étonna-t-il, contemplant le contenu de son verre, passablement trouble et jaunâtre.

— Tu n'as rien compris, alors ? Décidément, tu es assez étonnant... »

Il avala son verre d'un trait, comme pour faire disparaître une preuve compromettante. Qu'aurait-il dû comprendre ?

« Maintenant, il faut que tu t'en ailles. Je crois que je ne suis pas assez guérie encore pour garder quelqu'un dans mon lit. »

Il se rhabilla sommairement, glissant son slip dans sa poche.

« Tu ne m'en veux pas, n'est-ce pas ? »

Il secoua la tête. Cette éviction le soulageait. Malgré ce qu'ils venaient de faire ensemble, dormir dans le même lit lui paraissait maintenant un acte trop intime, presque incongru. Il la quittait comme un voleur, éteignant avant de sortir l'abominable lampe de chevet dont l'abat-jour penché semblait singer son propre état.

Il se retourna vers la tache sombre qu'elle formait sur les draps, incapable de trouver ses mots.

« Bon. À demain, alors.

— À demain. »

La voix de Marie-Paule n'était plus qu'un murmure inaudible. Les yeux grands ouverts, les genoux remontés, elle serrait un oreiller contre son ventre, attendant qu'il s'en aille. Lovée en une boule compacte, elle se rappropriait son propre corps, s'enfonçait lentement en elle-même, coulant telle une pierre dans une nuit intérieure dans laquelle ni lui ni personne n'aurait jamais de place.

Il ouvrit la porte, vérifia que la voie était libre avant de s'aventurer dans le couloir désert. Des veilleuses baignaient les murs d'une lueur bleuâtre d'hôpital. Dans la chambre, Marlot ronflait allégrement. Il chercha son lit à tâtons, se glissa tout habillé entre les draps frais et bien tendus. Les articulations lui faisaient mal. Il lui semblait qu'il avait été roulé pendant des heures dans des galets par de grosses vagues écumantes. La dernière finit par l'emporter. Il sombra brusquement.

Au réveil, Marlot lui fit une scène. Il avait passé une mortelle soirée en tête à tête avec Sarah Zimmerman, à l'écouter parler astrologie chinoise et bioénergie. Beaujeu l'avait proprement lâché.

« J'espère au moins que ça en valait la peine », observa-t-il sèchement en arrosant son muesli de lait tiède.

Marie-Paule avait été la dernière à descendre dans la salle du petit déjeuner.

« Surtout, ne m'adressez pas la parole, prévint-elle. Je pourrais tuer quelqu'un.

— Impressionnant », admira Marlot en lui faisant une place à leur table.

Ses lèvres étaient sèches et tuméfiées, ses yeux réduits à deux fentes presque invisibles. Beaujeu plongea le nez dans son yaourt maigre.

« Moi, j'ai affreusement mal dormi, geignit Sarah. Jacques m'a fait trop boire. J'ai eu l'impression d'entendre cogner toute la nuit. J'ai dit quelque chose de drôle ? » ajouta-t-elle, tandis que Marlot s'étranglait.

Elle se tourna vers Beaujeu, les yeux écarquillés : « J'ai vraiment dit quelque chose de drôle, Philippe ?

— Au contraire, ma chérie, fit Marlot en lui tapotant la main. Je repensais seulement à notre conversation d'hier soir. Ces ondes que tu perçois. Tu as un vrai don, sincèrement. Je serais curieux par exemple de savoir à quoi ressemble l'aura de Marie-Paule ce matin.

— Marlot, je t'en prie », intervint Beaujeu.

Sarah plissa les yeux.

« Difficile à dire. Je ne vois rien. Juste une espèce de halo brouillé, un peu laiteux.

— Ce doit être la grappa : tu n'es pas très en forme. Sarah m'expliquait que nous avons tous une aura de couleur différente, une sorte de butane teinté qui flotte autour de nous comme l'auréole des saints. Sarah prétend qu'elle devine le caractère des gens à la couleur de leur gaz.

— Ce n'est pas un gaz. Seulement un mélange d'ondes positives ou négatives.

— Parce que nous communiquons entre nous par des flux invisibles, continua Marlot d'un ton guilleret. Corrige-moi si je me trompe, Sarah. Chacun a sa fréquence, comme les radios libres. Sarah a le don, une sorte d'antenne spéciale.

— En fait, précisa Sarah en laissant tomber dans sa tasse deux minuscules pilules d'édulcorant, tout le monde a le don. C'est juste une question d'habitude, de motivation. Les fluides sont partout. Seulement, avec notre éducation cartésienne, nous ne savons plus les deviner, voilà tout.

— Sarah, elle, est restée une intuitive. L'intelligence ne l'a pas corrompue. Après toutes les études qu'elle a faites pour devenir prof de gym, c'est un véritable exploit, non ? »

Le programme chargé de leur journée empêcha Beaujeu de se retrouver seul avec Marie-Paule. Rien de visible n'avait modifié leurs rapports. Elle fut même un peu distante, ce qui le soulagea, lui évitant de trouver les mots qui eussent convenu à la nouveauté de la situation. Les événements de la nuit passée n'avaient été qu'un épisode sans importance. Chacun, dans l'exercice de sa mission, retrouvait un équilibre un instant compromis. Au fond, songea-t-il en suivant avec attendrissement son groupe qui s'égaillait vers les boutiques de tee-shirts et de posters américains, ce métier avait du bon : la présence des enfants, de ce petit public houleux et exigeant, vous jetait au-devant de vous-même, dissipait de son propre remous le flux des pulsions coupables.

« Je crois qu'ils ont vraiment aimé cette visite, remarqua-t-il quand fut venue l'heure du quartier libre. C'est ce qu'ils attendent de nous, en fait : des adultes responsables, des individus cohérents, capables de les guider avec sûreté.

— Honhon, fit-elle en l'entraînant sous une porte cochère. Continue », tandis que son genou forçait brutalement son entrecuisse et qu'elle glissait sa langue dans sa bouche. « Oui, oui, continue. »

Terrasse du café Florian, un peu plus tard. Un orchestre jouait des airs de valses. Dans la lumière déclinante, les pupilles de Marie-Paule avaient le jaune ambré de celles d'un chat.

« Marie-Paule, il faut vraiment que nous parlions. »

Elle le fixa sans répondre avant d'émietter un reste de croissant pour les pigeons qui couraient sous la table.

« Je ne sais pas ce qui nous est arrivé, Marie-Paule. Nous ne sommes plus des enfants. »

Il cherchait ses mots laborieusement, les regardant un à un s'effriter sur le silence de Marie-Paule. Pourquoi ne l'aidait-elle pas ?

« Je suis marié, dit-il lamentablement. J'aime ma femme. »

Le souvenir de la photographie se dressa un instant devant lui comme une preuve accablante.

« Et alors ? dit enfin Marie-Paule, interposant entre eux l'écran de ses verres de soleil. Tu es marié, tu as deux enfants et tu payes des impôts. . Que veux-tu que ça me fasse ?

— Je ne suis pas libre, gémit-il, la voix soudain couverte par un violent assaut de valse.

— Je le sais aussi. Je ne te demande rien. Si, après tout : donne-moi une cigarette. »

Il lui tendit son paquet, s'accrochant à cette diversion. Le contact de ses paumes sur la sienne, tandis qu'elle protégeait la flamme du briquet, le fit frissonner, ranimant un sursaut de désir inopportun.

« Je croyais que tu ne fumais pas », fit-il avec un petit rire.

Elle aspira une longue bouffée, ôta un brin de tabac au bout de sa langue. « Tu crois beaucoup de choses. C'est ça ton problème.

— Écoute, Marie-Paule. Je t'ai entraînée, je *nous* ai entraînés dans une situation intenable. Ce qui est arrivé entre nous a été merveilleux, mais ce soir nous reprenons le train. Je suis un homme marié. Quel avenir pouvons-nous espérer ? »

Elle le regardait, médusée, comme si, touché à distance par les ondes magnétiques de Sarah Zimmerman, il s'était mis soudain à parler tibétain et à léviter au-dessus de la table.

« Je t'écoute. Continue.

— Eh bien, euh... Voilà. C'est tout. Je te fais de la peine, je le sais bien, mais essaie de me comprendre. »

Elle écrasa sa cigarette avec un demi-sourire.

« Sidérant. Tu dois être le bonhomme le plus ringard que j'aie jamais rencontré. Est-ce que tu crois seulement un mot de ce que tu racontes ?

— Marie-Paule, je t'en prie. C'est assez difficile comme ça.

— Refais-moi l'air de tout à l'heure, celui du petit garçon qui vient de faire une grosse bêtise. J'adore ça. J'ai toujours eu le chic pour avoir envie de types tout à fait impossibles.

— J'essaie seulement d'être honnête, se défendit-il, humilié par son ton moqueur.

— Et moi, je suis une grande fille, je n'ai plus besoin d'adultes responsables pour me dire ce que je dois faire ou pas. Je te désire, nous faisons l'amour : ça aussi, c'est honnête, non ? Maintenant, je te préviens tout aussi honnêtement : si tu me parles de ta femme, je te couche sur la table, là, devant tout le monde, et je te roule un patin dont tu te souviendras longtemps. Et tu sais que j'en suis capable.

— Tu ne prends rien au sérieux, protesta-t-il, certain qu'elle en était capable.

— D'accord. Parlons sérieusement. Que veux-tu que je te dise, au juste ? Que tu n'es pas libre ? Que tu dois te jeter tout repentant dans les jupes de ta femme ? Oui, c'est ça que tu voudrais : que j'apaise ta conscience, que j'avoue en rougissant que nous avons été coupables, que je t'ai jeté malgré toi dans l'abîme et la perdition. Ne compte pas sur moi pour ça, Philippe. »

Il haussa les épaules.

« Je ne suis pas pervers à ce point.

— Comment appelles-tu ça, alors ? Plutôt que de plonger dans un bonheur inconnu, tu te raccroches de toutes tes forces à ton petit malheur ordinaire, si douillet, si rassurant.

— Je ne suis pas malheureux, justement. Si je l'étais, ça simplifierait tout. »

Ce qui était, il s'en aperçut aussitôt, une manière flagrante de lui donner raison.

« Moi, je crois que tu es libre, Philippe. Avec ta femme. Avec moi. Je ne t'ai rien demandé. Tu n'as pas à t'excuser comme tu le fais de m'avoir entraînée dans Dieu sait quoi, ni à te mettre à ma place, au nom de je ne sais quelle morale absurde. Je n'ai pas de remords, encore moins de regrets. Je ne suis pas ta conscience, Philippe. Je n'ai pas à décider pour toi. Tu es libre, simplement libre. Et c'est bien ça qui te tracasse, reconnais-le.

— Mais nous ? murmura-t-il. Qu'allons-nous devenir maintenant ?

— Nous ? Je n'en ai pas la moindre idée. Je sais seulement ce que *moi* je vais faire : prendre le train jusqu'à Paris, ramener nos chères têtes blondes et dormir pendant trois jours. Je n'ai envie de rien d'autre pour l'instant. »

Il jeta un coup d'œil à sa montre. Ils avaient déjà raté l'heure du rassemblement. Marlot serait furieux. En plus, il n'avait même pas eu le temps de trouver pour Catherine cette gravure ancienne qu'il devait lui rapporter.

« Il faudra nous revoir dans la salle des profs, feindre que rien ne s'est passé, gémit-il, fouillant ses poches en quête de monnaie.

— Rassure-toi, je ne vais pas te faire de scène ni téléphoner à ta femme, si c'est ça qui t'inquiète. Pour le reste, on verra. Contrairement à toi, je prends les choses comme elles viennent. Je te désire encore ? Et après ? Tu feras ce que tu voudras. Pendant toutes ces années, j'ai appris à être seule. Je survivrai, ne t'inquiète pas. »

Au fond, c'était une vraie chic fille. Le soulagement ranimait en Beaujeu un désir dangereux. Elle avait mille fois raison, bien sûr. Prendre les choses comme elles viennent. Catherine ignorerait tout de cet accident de parcours. Car cela n'avait été rien de plus : un accident, non cette catastrophe planétaire dans laquelle il se sentait désespérément immergé depuis le matin. Il n'était pas le premier homme à avoir trompé sa femme, grâce à Dieu. Son couple s'en remettrait. Il avait juste un peu plus de chance qu'un autre : celle d'être tombé sur une gentille fille comme Marie-Paule, capable de s'effacer au moment opportun.

Seule cette certitude rassurante lui avait donné la force, cette nuit-là, d'abandonner à Marlot la garde des couloirs, tandis que dans un compartiment vide, honteusement soudoyé au contrôleur, il retrouvait Marie-Paule.

11 heures
Méthodologie (suite)

Ils traversèrent une petite cour, puis une deuxième, une sorte de puits sombre au milieu duquel campait un maigre et unique sapin, décoré d'ampoules multicolores à l'approche de Noël. Au bout d'une enfilade, on apercevait les panneaux de basket de la cour principale, les fenêtres éclairées des permanences.

Marlot marchait en tête, faisant sonner les dalles de la pointe ferrée de ses chaussures anglaises. Derrière lui, Beaujeu, Gérard et Raymond devisant à mi-voix, Geneviève enfin, une crispation douloureuse sur le visage. Elle montait au front avec vaillance, enveloppée dans cette capote à épaules compensées qui donnait à sa silhouette une allure étrangement trapézoïdale de bas-relief égyptien.

En l'absence des élèves, le silence des bâtiments avait une acuité presque surnaturelle. À nouveau, songea Beaujeu, l'on se sentait chez soi... C'était la paix des veilles de rentrée, celle surtout — embaumée d'une odeur de parquets frottés à l'eau de Javel, de cire et de pain frais — de la vieille communale de son enfance, l'antique école de quartier aux quatre marronniers, avec la pendule ronde au-dessus de la porte, la cour cernée de patères à têtes métalliques — cette école perdue qui avait joué un si grand rôle dans leur vocation (pour autant que ce mot ait eu un jour un sens) et dont tous, sans exception, ils gardaient encore la nostalgie.

Comme nous y serions bien sans eux, semblait dire leur démarche recueillie. Une délégation d'enseignants en colère ? Tout au plus une amicale frustrée d'anciens bons élèves passés de l'autre côté, et qui ne s'étaient jamais remis d'avoir été chassés de leur enfance par la génération dépourvue d'innocence dont ils avaient aujourd'hui la charge... Mais pouvaient-ils raisonnablement reprocher à des enfants leur propre naïveté ?

Un tronçon de couloir sans lumière, un rectangle de gerflex desservant quelques bureaux. Tacitement, ils ralentirent le pas.

« Nous y voilà, dit Marlot. Qui parle le premier ? »

Ils entraient en terre ennemie. Une poignée de chaises à lanières de caoutchouc, des plantes grasses, au mur un Van Gogh découpé dans le couvercle d'une boîte de chocolats. L'illusion n'avait guère duré longtemps : ici commençait le territoire de l'Administration. Instinctivement, Marlot rectifia le pli de sa pochette, l'air soudain grave tandis qu'ils pénétraient à la queue leu leu dans le bureau du principal.

Mme Cotteret était une petite femme au nez tranchant, aux traits secs et protéiformes, qui avait, disait-on, enseigné l'anglais à ses débuts. Avec l'intuition des vrais chefs, elle était toujours restée fort vague sur ce sujet comme sur celui de son grade : les débats contradictoires qu'ils suscitaient en salle des profs conféraient du mystère à son autorité, et chacun pouvait prendre tour à tour les faveurs qu'elle distribuait pour quelque subtile complicité catégorielle. Ses emballements, ses volte-face la faisaient craindre des plus faibles : ils passaient pour de la profondeur de vue. Pour les autres, tels Marlot ou Beaujeu, ces revirements étaient surtout la marque d'un esprit versatile et surcaféiné : Mme Cotteret était une femme de caractère, autant dire, pour reprendre une expression de Marlot, de *mauvais caractère*, qui masquait sous un activisme forcené et tout à fait inefficace son absence d'intérêt pour les problèmes quotidiens — ce qu'en haut lieu on appelait militairement le « terrain »... Seuls comptaient pour elle la nouveauté, les projets, les expériences. Il fallait lui rendre cette justice : elle s'enthousiasmait pour toute initiative tant soit peu novatrice, fût-elle des plus saugrenues. Et si elle n'en suivait aucune, elle finissait toujours par s'en attribuer le crédit, avec une mauvaise foi trop accablante pour ne pas être sincère.

« Oui, oui, Monsieur l'Inspecteur, très bien... Je

n'y manquerai pas, merci... Mes respects, Monsieur l'Inspecteur. »

Elle jeta vers eux le regard d'une femme débordée avant de raccrocher vigoureusement.

« Pardon, chers collègues, je vous ai fait attendre. Asseyez-vous, asseyez-vous ! Rapprochez-vous donc, monsieur Wurtz, on dirait que vous êtes en visite. Et votre dos, madame Bras ? Rappelez-moi de vous donner l'adresse de mon chiropracteur. Je suis vraiment navrée de vous recevoir si tard : je n'ai pas eu une minute à moi de toute la matinée. Fermez la porte, monsieur Madin, et demandez qu'on ne nous dérange pas. »

Madin s'exécuta. Les épaules rentrées, mains croisées au bas du ventre comme s'il avait voulu se protéger de quelque invisible tireur de coup franc, il prit position près de la porte, suçotant sa pipe vide d'un air de consternation philosophique.

Un silence embarrassé tomba. Qui allait commencer ? Gérard se tenait très en avant sur son siège, les mains jointes entre les cuisses, la mine attentive du bon élève qui laisse parler les autres. Raymond, les yeux mi-clos, massait consciencieusement sa barbe, concentré sur quelque point vide de l'espace. Même Geneviève, d'ordinaire si pugnace, tirait un fil sur sa robe... Ils n'avaient pas grandi. Ils étaient restés des enfants, aussi démunis devant l'autorité que s'ils affrontaient une maîtresse trop sévère. Même l'attitude de Marlot, sa façon de s'avachir dans son fauteuil, le bras jeté sur le dossier, ressemblait à l'insolence des premiers de classe qui se savent protégés par leurs résultats. Comment en aurait-il été autrement, d'ailleurs ? Ils n'avaient jamais quitté l'école, passant sans transition du pupitre à l'estrade, tremblant devant l'inspecteur comme un jour de récitation ou de grand oral. Après tout, ce n'était pas à lui d'aller au charbon, se dit Beaujeu. À quel titre aurait-il parlé ? Il n'était pas élu. Il accompagnait tout au plus, affichait sa solidarité. Le cas échéant, il apporterait le point de vue de l'homme de lettres, son habitude des textes et des débats d'éthique. Pour le reste, qu'on ne compte pas sur lui.

Marlot soupira, se résignant à son rôle de meneur.

« Nous sommes ici au nom du corps enseignant », commença-t-il. Puis, comme s'il réalisait le caractère pompeux de cette entrée en matière : « C'est une délégation, Madame le Principal. M. Madin a dû vous informer de la situation. »

Mme Cotteret hocha la tête sans un mot. Sur le sommet de son crâne, la permanente avait la consistance solide de blancs d'œufs trop battus.

« Alors voilà... Nous n'avons pas bougé lorsque vous avez fait muter en cours d'année notre jeune collègue de maths inexpérimentée... Nous avons accepté que des élèves badigeonnent les voitures des enseignants sur le parking et agressent l'un d'entre nous avec une bombe lacrymogène... Nous avons gobé sans réagir une série de réformes ineptes, admis sans broncher deux suppressions de poste et la réduction de notre pouvoir d'achat... Nous avons vu jour après jour fleurir des options golf, une école d'escalade, une section "bridge et pédagogie", ce collège se transformer lentement en club d'animations inter-quartiers... Nous n'avons pas bougé. Mais aujourd'hui, le motif est autrement plus grave : il s'agit de température syndicale, Madame. De la défense de nos acquis sociaux. Bref, nous sommes venus vous dire que depuis neuf heures ce matin, mes collègues et moi-même avons entamé une grève de protestation sauvage et illimitée.

— Présentation tendancieuse, intervint Geneviève en lui jetant un regard furibard. Comme d'habitude, M. Marlot déforme les faits !

— J'ai oublié quelque chose ? Ah oui ! dégradation insupportable de nos conditions de travail...

— 9,8° par salle en moyenne, dit Gérard, tendant ses fiches vers le bureau. J'ai les graphiques, si vous voulez.

— M. Marlot cherche à ridiculiser le mouvement qu'il représente, poursuivit Geneviève. La grève a été décidée à l'unanimité. Il n'a pas à exprimer son opinion personnelle.

— Je n'émets pas d'opinion : je relate des faits. »

Ils se défièrent un instant du regard. Malgré la sympathie qu'il éprouvait pour Marlot, Beaujeu ne pouvait se départir d'une légère gêne, comme si son ami s'était déculotté au dernier moment. L'acrimonie de Geneviève ne faisait que renforcer l'absurdité de la situation. Peut-être le persiflage de Marlot n'était-il qu'une manière d'autodérision. Geneviève était trop entière pour le comprendre.

« Ce que nous sommes venus vous dire, corrigea-t-elle, c'est que les enseignants en ont assez de faire les frais des carences de l'administration. Si cet établissement était mieux géré, nous serions chauffés le lundi. Nous n'avons pas, comme vous, certains privilèges », ajouta-t-elle, désignant le petit radiateur d'appoint devant lequel posait Madin, et dont les grilles rougies répandaient dans le bureau une modeste mais confortable tiédeur.

« Madame, coupa le principal avec hauteur, j'habite un appartement de fonction dans la maison. Cette panne est tout à fait regrettable et, croyez-le bien, malgré mes *privilèges*, j'en suis la première victime. Mais il n'entre pas dans les compétences d'un chef d'établissement de passer son week-end en bleu de chauffe pour pallier les déficiences de nos installations.

— Une panne ? Il me semblait pourtant que nous avions une chaudière neuve.

— Oui, monsieur Marlot. Ultramoderne, avec système de régulation électronique. C'est bien là le problème.

— Les nouveaux modèles sont équipés d'un programme de contrôle géré par ordinateur, expliqua Gérard. Avec bascule automatique des connexions. De belles bêtes !

— En tout cas, remarqua Geneviève avec satisfaction, l'ancienne était plus fiable. »

Ils hochèrent tous la tête, ravis de voir confirmer leur atavique méfiance à l'égard de la technique. Le choix d'un appareil aussi sophistiqué n'était qu'un signe de plus de la mégalomanie galopante de la direction — à l'image de ces ordinateurs flambant neufs et inutilisables, faute de local protégé, ou de ce projet d'informatisation des absences qui s'était heurté jusqu'alors à la passivité suspicieuse du corps professoral dans son entier.

« J'imagine qu'une installation aussi coûteuse doit se trouver encore sous garantie, suggéra Raymond. Pourquoi ne pas se retourner contre l'installateur ?

— J'ai passé mon week-end au téléphone. L'entreprise de maintenance a fait faillite le mois dernier.

— Formidable, dit Marlot.

— Toutes les sociétés auxquelles j'ai fait appel jusqu'ici se sont déclarées incompétentes. J'attends un ouvrier des services techniques de la mairie. C'est tout ce que je puis faire pour l'instant.

— J'ai posé moi-même la chaudière de notre pavillon, dit Gérard. Voulez-vous que j'aille jeter un coup d'œil ?

— Excuse-moi, Gérard, mais ça n'est pas ton rôle. Nous n'avons pas à assumer les erreurs de la direction. »

Pour une fois, Geneviève avait raison : l'empressement de Gérard tenait du fayotage.

« Je vous rappelle que l'installation d'un nouveau système de chauffage a été décidée par le conseil d'administration dont vous faites partie, contre-attaqua Mme Cotteret.

— Parlons-en ! s'emporta Marlot. Vous le savez mieux que moi : le choix de cette chaudière a été fait sans appel d'offres sérieux, simplement pour servir les intérêts d'une société locale avec laquelle un parent d'élève influent a, de notoriété publique, des relations étroites !

— Vous exagérez, monsieur Marlot. Je n'y connais absolument rien en matière de chaudière, je l'avoue humblement. Pourquoi me serais-je passée des conseils d'un spécialiste ?

— Surtout s'il est l'élu d'un syndicat de parents d'élèves majoritaire, ironisa Marlot. Tout le monde sait que vous avez réduit le rôle des conseils d'administration, dans cet établissement, à celui d'une simple chambre d'enregistrement. »

Beaujeu hocha la tête. Durant des années, il avait siégé dans la grande salle de réunion, supporté d'interminables comptes rendus financiers auxquels, s'il fallait en croire la belle jambe fuselée que Mme Piroton balançait sous la table, ni parents ni profs ne comprenaient goutte. Avec Marlot, Geneviève, Raymond, le même quarteron dévoué, il avait lutté bec et ongles pour proscrire chewing-gums et boissons gazeuses, obtenir un demi-service de surveillance ou la destitution du fournisseur de surgelés — bilan tristement médiocre que l'acide mousseux d'après séance, servi dans les verres en pyrex de la cantine, n'avait jamais suffi à exalter.

« Est-ce que ce n'est pas ça qu'on nous demande : de garder les gosses le plus longtemps possible pour dégonfler les chiffres du chômage ? Je ne vois pas pourquoi j'irais me casser la tête à assister à toutes ces réunions stupides, aurait dit Marie-Paule. J'ai mieux à faire de ma vie. »

Il consulta sa montre à la dérobée. Onze heures trente. Pourquoi n'était-il pas avec elle ? Ce mal qu'ils se donnaient pour singer les grands, disposer en bon ordre les petits hôtels rouges sur les cases appropriées...

« Revenons à l'essentiel, reprit le principal. À ce mouvement que je ne saurais qualifier autrement que de mouvement d'humeur... Vous connaissez comme moi les textes. Une décision bien hâtive, permettez-moi de le dire, et qui aurait mérité une réflexion plus approfondie...

— Je vous l'accorde, opina Marlot, le nez en équilibre à la pointe de ses mains jointes. L'absence de l'administration aux heures d'ouverture du collège ne s'est jamais fait sentir aussi cruellement qu'aujourd'hui.

— Savez-vous à quelle heure je quitte cet établissement chaque soir, monsieur Marlot ? N'attendez pas de moi que j'ouvre le collège. Il y a un concierge pour cela. Aucun chef d'entreprise n'est tenu d'arriver avant ses balayeurs.

— Merci de la comparaison. Mais jusqu'à preuve du contraire, et malgré l'emprise croissante du privé sur cet établissement, nous sommes encore un collège *public*, pas une entreprise.

— C'est là que vous vous trompez, monsieur Marlot : un établissement se gère comme une entreprise privée. Il a besoin de moyens pour vivre. Ce n'est pas avec les deniers de l'État que nous aurions pu financer l'activité golf tant réclamée par vos collègues d'EPS. Je crois au mécénat, monsieur Marlot, à la nécessité de nous ouvrir vers le tissu socio-professionnel de la région.

— Vous confondez népotisme et mécénat, riposta Marlot avec sécheresse. Je reste sceptique pour ma part quant à la nécessité pédagogique de distribuer dans nos classes des bons de réduction pour une chaîne de fast-food américaine.

— Je vous en prie, je vous en prie : pas d'amalgame. Je vous invite seulement à réfléchir aux effets désastreux d'un tel mouvement sur la réputation de notre établissement. Les parents...

— Les parents ont toujours été plus écoutés ici que les enseignants, coupa Geneviève avec amertume. Il n'y a qu'à voir la constitution des classes pour comprendre que le mythe de l'égalité républicaine a vécu.

— Insinuations sans fondement, madame Bras. J'ai toujours veillé à l'hétérogénéité des classes.

— Parlons-en ! Piroton est le cas typique de l'hypocrisie régnante : c'est lui, l'hétérogénéité en troisième 5. Le seul élève nul dans une classe de cracks, un trublion qu'on aurait dû exclure depuis longtemps ! L'indulgence prodigieuse dont il bénéficie de la part de l'administration laisse sans voix. Faut-il ajouter que sa mère siège au conseil d'administration ?

— Je doute que ce pauvre Piroton soit pour quelque chose dans nos problèmes de chaudière », suggéra Marlot, soudain mal à l'aise.

Le principal leva un sourcil exaspéré.

« Écoutez, madame Bras : je suis lasse de vos insinuations. J'appartiens à un syndicat dont l'éthique n'a rien à envier au vôtre, sachez-le... En ce qui concerne l'élève Piroton, je pense que vous serez satisfaite d'apprendre que j'ai décidé, en accord avec M. Madin, que la mesure était comble. Un prochain conseil de discipline statuera sur son sort. Et croyez bien que j'en dirigerai les débats avec toute l'impartialité requise !

— Piroton ? répéta Marlot. Un conseil de discipline ?

— Dans le combat contre le laxisme, monsieur Marlot, vous me trouverez toujours au côté de mes enseignants. Les agissements de ce... comment dites-vous ?... Piroton, ont définitivement lassé ma patience. Il nous faut un exemple. »

Technique éprouvée, songea Beaujeu : elle donnait Piroton en pâture pour échapper à l'ire collective.

« Pour en revenir au mouvement d'aujourd'hui, poursuivit-elle, poussant avec habileté son avantage, voilà ce que je vous propose. Monsieur Madin, vous ferez noter dans les carnets des élèves qu'en raison d'un incident technique indépendant de notre volonté, les cours ne peuvent être assurés ce jour... J'aviserai le rectorat dans les mêmes termes. Vous avez compris, monsieur Madin ? Qu'il ne soit pas question de grève. Je prends sur moi la responsabilité de ce léger travestissement des faits. Informez vos collègues, Mesdames et Messieurs les délégués : compte tenu des circonstances, les cours sont suspendus pour la journée. »

Gérard, déjà, s'empressait de noter scrupuleusement cet édit providentiel. Mme Cotteret égalisa ses dossiers avec la gravité d'un journaliste télévisé. Un instant, dans la lumière cireuse de ce matin de neige, la masse de sa permanente parut quelque pesante mappemonde pesant sur ses épaules. Ni vagues rectorales ni pertes de salaire : elle seule se mouillait. Elle assumerait le fardeau. Quoi qu'il en coûte, elle protégerait ses profs.

« Pas de questions ? Très bien. Vous voudrez bien me pardonner de ne pas vous retenir plus longtemps. M. Madin et moi-même avons beaucoup de travail... Je vous demanderai seulement, pour des raisons de stricte sécurité, de ne pas quitter l'établissement avant la fin normale de vos heures de cours : en cas d'incident, vous ne seriez pas couverts. Naturellement, je vous tiendrai informés des suites techniques. C'est tout. »

« Alors ? triompha Gérard quand ils furent dehors, l'air vaguement hébété, les oreilles écarlates. Bien joué, non ? »

Ils pouvaient être satisfaits. Ils n'avaient pas failli. Ni lâcheté ni compromission. Ils lui avaient dit son fait et le surprenant revirement final les laissait contents d'elle comme d'eux-mêmes.

« Une fois de plus, la démagogie a gagné, fulmina Geneviève, enfilant son manteau à grands coups d'épaules rageurs.

— Je ne te comprends pas.

— Elle a raison, concéda Marlot. Elle nous a tous retournés.

— Ça me rappelle fâcheusement les pires méthodes paternalistes du patronat au XIXe : les mineurs viennent réclamer du pain, on leur donne des sucres d'orge et ils sortent en faisant des courbettes. Et si j'avais envie, moi, de faire grève et de perdre une journée de salaire ?

— Bah ! intervint Beaujeu en tirant voluptueusement sur sa cigarette. Le résultat est le même, non ? »

Il ne neigeait plus. De petites mottes s'effritaient en silence au pied du sapin, et chaque branche qui se redressait brusquement faisait tinter les ampoules de la guirlande de Noël.

Il en avait assez fait. La suite ne le concernait plus. Sans attendre les autres, il s'engagea avec raideur dans la périlleuse traversée de la cour, attendant d'être en sûreté sur le paillasson opposé pour agiter la main derrière lui en guise d'au revoir.

12 heures
Cantine

Le Relais des Chasseurs avait été autrefois un coquet établissement aux portes de la forêt. Aujourd'hui, rénové selon le goût discutable des nouveaux propriétaires, il n'avait plus rien de son ancienne vocation. Un mélange de faux marbre, de boxes en acajou, de banquettes de skaï au-dessus desquelles de petites appliques en métal doré tentaient vainement d'imiter, dans la froide pénombre de ce matin d'hiver, des levers de soleil triomphants.

Au fond du bar s'ouvrait une deuxième salle. Nappes rouges, décoration sylvestre, panneaux de tapisserie à motifs vert sombre. On entrait sous un plafond bas, aux poutres artificiellement noircies, dans le rêve inavoué des employés de banque qui se pressaient là chaque midi, à peine rebutés par la rudesse des serveurs et la médiocrité de la cuisine : la petite auberge de campagne à deux pas de Paris, au décor rustique et provincial, dont la poignée de chambres à l'étage promettait des digestions lentes et un calme discret où dénouer de manière impromptue des amours de VRP.

Marie-Paule l'attendait là, assise à une table encombrée de kleenex froissés.

« Je ne t'embrasse pas, fit-elle en extirpant de son étui un mouchoir en papier. Je dois être horrible à regarder.

— Je suis un peu en retard, s'excusa-t-il. J'espère que tu n'as pas pris froid en m'attendant. »

Elle n'était pas du tout horrible à voir. Son nez était rouge, ses yeux boursouflés, mais le rhume donnait à ses prunelles un aspect fiévreux et liquide plutôt séduisant.

« C'est la poussière, expliqua-t-elle. Je n'aurais jamais dû ranger les armoires de ma salle. C'est ta faute aussi. Tu m'as lâchement laissée tomber. »

Elle éternua, les yeux à nouveau pleins de larmes.

« Nous avons vu la patronne.

— Ah bon, fit-elle en se plongeant dans l'étude de la carte. En fait, je m'en fiche éperdument. J'ai envie de quelque chose de chaud, avec plein de frites très grasses et de la mayonnaise. »

Ils se turent un moment pour passer leur commande.

Quand ils furent seuls à nouveau : « Ce n'est pas un rhume, expliqua-t-elle. Je fais une allergie aux acariens.

— Aux quoi ?

— Aux acariens. Ce sont des arachnides, de petites bestioles microscopiques qui se nourrissent de déchets humains. Rognures d'ongles, pellicules, peaux mortes. Elles vivent dans la poussière.

— Quelle horreur !

— Ne dis pas ça. Ce sont de petites bêtes très utiles. Sans elles, tout ça pourrirait, nous serions une véritable infection. »

Il frissonna.

« C'est dégoûtant.

— Pas du tout. D'ailleurs, l'air que nous respirons en est plein. Je les renifle de loin. Un vieux tapis, une couverture mal secouée et j'ai le nez qui commence à picoter, la gorge en feu, le corps qui se couvre de plaques rouges. Je t'en montrerai un jour au microscope, si tu veux.

— Très aimable, se récria-t-il. Je préfère continuer à tout ignorer de ces charmantes créatures. »

Elle éclata de rire.

« Tu es bête. Si je te disais ce qui grouille dans ton tartare, tu deviendrais sur l'heure végétarien.

— Pitié, je me rends. Rappelle le garçon.

— J'essaie seulement de t'initier aux secrets merveilleux de la vie invisible. Attention, je crois que je vais éternuer...

— Tiens, un mouchoir sec. As-tu pris quelque chose au moins ?

— J'ai des antihistaminiques pour soulager les muqueuses. Il faut juste attendre que ça passe. D'ailleurs, ce n'est rien comparé aux crises que j'avais lorsque j'étais petite. Mes parents m'ont emmenée chez un spécialiste pour une cure de désensibilisation. On te fait un tas de piqûres dans les bras, en traçant des ronds avec des feutres de couleurs différentes. J'ai réagi à tout : jaune d'œuf, poils de chat, légumes crus, légumes cuits, pollen... Une vraie catastrophe. Mon bras n'était plus qu'une gigantesque boursouflure. »

Elle frissonna, la peau douce de ses joues hérissée d'une brusque chair de poule. Le voile sur sa voix, ses yeux bordés de larmes la rendaient attendrissante, comme un visage intime d'elle-même qu'elle eût révélé sans le vouloir.

« Psychosomatique, affirma-t-il doctement. Toutes les allergies le sont plus ou moins. Ton inconscient doit livrer bataille. »

Elle s'accouda commodément, posant son menton entre ses mains pour le considérer avec curiosité.

« Tiens tiens : psychosomatique... Explique-moi ça. J'ai hâte de savoir ce qui me trouble à ce point.

— Oh, c'est ce que l'on prétend, non ? se défendit-il, soudain mal à l'aise. C'est toi la scientifique, pas moi. »

Pourquoi avait-il dirigé la conversation vers ce terrain miné ? Passé un instant de gêne (c'était la première fois qu'ils se voyaient en tête à tête depuis Venise), ils avaient vite trouvé le ton, un ton détendu et sans arrière-pensées, fait de camaraderie et de gaieté, de deux amis qui se retrouvent. Ni sexe ni tension. Juste la bienveillance attentive d'anciens amants teintée d'une pointe de nostalgie.

« Si tu veux dire que déjeuner avec toi me fait

quelque chose, oui, tu as raison, fit-elle, suçant une lamelle de citron et le fixant dans les yeux. Ça me *fait* quelque chose. Mais pas là où tu crois. »

Il feignit d'ignorer le sous-entendu.

« Moi aussi, ça me fait quelque chose, naturellement. J'ai beau faire semblant, je crois que je cache mal mon jeu... En fait, je ne vais pas très bien, Marie-Paule. Je ne sais plus du tout où j'en suis. »

Elle éternua bruyamment, se tamponna les narines avec son mouchoir.

« Normal, fit-elle malicieusement. Tu croyais déjeuner avec Blanche-Neige et te voilà avec Atchoum. Tiens, ajouta-t-elle, lui fourrant sous le nez l'une des crevettes décortiquées qui décoraient sa salade, regarde : un acarien psychosomatique géant !

— Je parle sérieusement, protesta-t-il. Je dors mal, tout me pèse, je n'ai plus envie de rien. Je voudrais être ailleurs, être quelqu'un d'autre. Je n'arrive pas à me faire à l'idée que rien n'est possible entre nous. Je ne pense qu'à ça, jour et nuit, ça m'obsède...

— Même quand tu es au lit avec elle ?

— Je t'en prie. Laisse Catherine hors de tout ça. »

Elle baissa les yeux.

« Excuse-moi. J'essayais seulement d'être badine. Avec le nez bouché, ça n'est pas si facile. »

Il prit sa main, s'étonnant de la trouver brûlante, presque électrique.

« Te voir tous les jours, te parler sans pouvoir te toucher... Je n'y arrive pas, Marie-Paule. Je vais demander ma mutation en province, un poste de coopérant à Addis-Abeba, je ne sais pas, mais je ne pourrai plus tenir bien longtemps.

— Pourquoi me dire ça à moi ? Ce sont *tes* conventions, pas les miennes. Depuis le début, tu ne sais pas ce que tu veux.

— Oh, cette fichue photographie... J'ignore ce qui m'a pris. Peut-être pressentais-je ce qui est arrivé : j'essayais seulement de me protéger par avance.

— Tu te flattes, à mon avis. Tu as autant d'intuition que cette pauvre Sarah. T'ai-je dit qu'elle m'a tenu la jambe près d'une heure l'autre jour pour m'expliquer que tu étais quelqu'un de très timide, de très réservé, et qu'il ne fallait pas que je me formalise si tu avais pu paraître un peu froid avec moi à Venise ? »

Ils rirent tous les deux.

« En fait, tu m'as plu depuis le début, dit-il. Non. Plu n'est pas le mot : tu m'attirais, sans que je sache très bien pourquoi. Tu vas rire, mais je n'ai encore jamais connu de filles comme toi. Je ne me suis pas assez méfié. »

Elle avait son visage tout contre le sien, son pauvre nez rougeoyant dans la lumière de l'applique, les yeux gonflés. Elle n'avait pas besoin d'être jolie pour qu'il la désire.

« Toi non plus, figure-toi, tu n'es pas du tout mon type. Chez moi, c'est presque pathologique :

il suffit qu'un type porte une eau de toilette impossible pour que j'aie envie de lui.

— C'est si violent que ça ? s'excusa-t-il, humant ses mains. En fait, ce n'est pas mon eau de toilette, seulement un échantillon gratuit.

— C'est toute l'histoire de ma vie : coucher avec des types qui s'aspergent d'échantillons gratuits.

— Ne regrette rien, se força-t-il à dire. Tu te serais vite lassée. Passé la première nuit, tu te réveillerais auprès d'un bonhomme plus très jeune, le genre maniaque et casanier, piètre amant de surcroît, qui souffle dans ses chaussettes avant de se mettre au lit. Ça ne durerait pas trois jours.

— Peut-être, opina-t-elle. Peut-être. Mais avant je t'aurais montré ce que m'inspire l'idée de ta petite personne toute nue jouant de la trompette dans des bas en fil d'Écosse. Et tu sais que j'ai beaucoup d'imagination. »

Partir. La laisser, immédiatement. Échapper tant qu'il le pouvait encore à ce badinage dangereux auquel il s'abandonnait.

Mais pour aller où ? Au collège ? Tout y rappelait Marie-Paule. Quant à rentrer chez lui, impossible. Dans l'état où il se trouvait, ç'aurait été ramener la peste au cœur même de son foyer. Où en étaient ses bonnes résolutions, ce stoïcisme romain qu'il s'était promis ? Il était venu faire le point, rompre définitivement les ambiguïtés d'une situation qui n'avait duré que trop longtemps. Du moins avait-il tenté de s'en persuader. Jamais elle ne serait une camarade. Il se glissait pieds et poings liés sous les fourches qu'elle lui tendait, subissait son attraction sans résistance, comme s'il avait su déjà qu'il était là pour ça, qu'il n'avait jamais eu *réellement* l'intention d'en finir, jouant au contraire à poursuivre à travers ce déjeuner la forme platonique d'une liaison à laquelle il ne parvenait pas à renoncer.

Instinctivement, il s'écarta d'elle, tâchant de dissimuler sous sa serviette de table l'effet de ses derniers propos.

« C'est la première fois que ça m'arrive, murmura-t-il. Je n'étais pas préparé. »

Elle tapota sa main.

« Pauvre Philippe ! »

Pourquoi ne l'aidait-elle pas aussi ? Tout aurait été plus facile que cette ironie amusée avec laquelle elle le regardait se débattre. Mais c'était de bonne guerre : il ne pouvait lui demander de trancher dans ses propres contradictions. Quelle qu'en soit l'issue, se dit-il avec panique, c'était à lui seul qu'il appartenait de résoudre la crise qu'il traversait.

« De quoi as-tu donc peur ? Tu as déjà tout planifié, tout organisé, même les échantillons gratuits de dépannage... Moi, je ne fais pas de plan, pas de projets. Quand je veux quelque chose, je le prends, advienne ensuite que pourra. Est-ce que ça n'est pas beaucoup plus simple ?

— Ce n'est pas pareil, protesta-t-il. Tu as vingt-cinq ans, tu es célibataire, indépendante.

— C'est la vie que j'ai choisie, et j'en paie le

prix, rassure-toi. Je n'ai jamais compris qu'on puisse se marier, jurer fidélité à quelqu'un. Est-ce que ce genre de choses peut se commander ? C'est aussi absurde que de promettre qu'on ne se fera jamais renverser par un bus. Toi, tu voudrais avoir tout, et gratuitement.

« Écoute, ajouta-t-elle en repoussant le bloc compact de mousse au chocolat qu'elle martyrisait du bout de sa cuillère. Partons d'ici. Cet endroit me déprime. Passons l'après-midi ensemble quelque part. Il fait un temps à voir un interminable film japonais en v.o. »

Son visage était si près du sien qu'il aurait pu attraper sa bouche, mordre cette moue d'enfant fiévreux, aux traits battus, aux yeux écarquillés, qui rendait soudain ses exigences si émouvantes et désirables. Il devinait sous le pull de grosse laine le grain électrique de sa peau, le spectre de son haleine brûlante flottant autour d'eux comme un halo thermique, une dangereuse radiation.

« Je ne peux pas, se défendit-il, accablé par le caractère misérable des arguments qu'il se donnait. Il faut que je rentre au collège. On a promis à la patronne. »

Elle restait en face de lui, le dévisageant de toute la persuasion de ses prunelles liquides. Puis elle détourna le regard, rassemblant ses affaires éparpillées sur la table.

« Tant pis. Une autre fois peut-être, quand tu n'auras rien promis à ta maman.

— Je suis désolé. C'est impossible. Pas cet après-midi. »

Elle se tortilla pour enfiler son blouson, empocha le reste des mouchoirs avant de serrer sur son épaule les lanières de son sac.

« À ta disposition alors, dit-elle en se levant. Comment dit Lauren Bacall, déjà : *If you want me, just whistle*, c'est ça ? »

Elle contourna la table, enroula sans hâte sa longue écharpe autour de son cou.

« Amuse-toi bien, lança-t-elle. Je te raconterai le film. »

Et elle s'éloigna, échappant d'un mouvement de hanches à la main qu'il lui tendait, n'abandonnant pour toute consolation à ses regrets que l'image de sa longue silhouette en fuseau noir, brodequins et chaussettes de laine, qui fendait la foule du café avec l'ennui gracieux d'une skieuse à l'entraînement.

14 h 30
Explication de texte (suite)

« Tiens, dit Marlot. Le retour du permissionnaire. »

Beaujeu se défit lentement de son manteau. L'atmosphère studieuse qui régnait sous les hauts luminaires de la salle des profs lui donnait la désagréable sensation d'être en retard. De petits groupes conversaient à mi-voix, on entendait en arrière-fond le bourdonnement de la photocopieuse, les crachotis intermittents de la cafetière, comme une pompe d'aspiration buccale qui se serait mise en marche par intermittence.

« ... un insecticide biologique, expliquait Gérard. Totalement inoffensif.

— Des œufs de coccinelles ?

— Exactement. Elles se développent et s'attaquent aux pucerons.

— ... Quelquefois, murmurait Maude, je pense que ce doit être éprouvant d'être un homme. Cet éléphant turbulent qu'il faut se promener dans la culotte... »

Rassemblés autour d'une table, les collègues de maths préparaient le prochain brevet blanc. La fièvre revendicatrice du matin était tombée. Chacun semblait étonné d'être là, à la manière de personnages de roman soviétique bloqués par les intempéries dans la salle d'attente de quelque bâtiment administratif, et qui tuent le temps comme ils peuvent en attendant la fin de la neige ou l'obtention d'un papier timbré.

« Quelques nouvelles du front, dit Marlot en tendant à Beaujeu sa cuillère. Les externes ont été renvoyés chez eux. La patronne a fait une rapide apparition : les services techniques de la mairie sont à l'œuvre, elle a bon espoir que tout soit réparé pour demain matin.

— Magnifique, dit Beaujeu sans enthousiasme.

— Quant à la douce chaleur que tu n'as pas manqué de sentir en entrant, nous la devons à l'obligeance de Gérard. Un radiateur électrique qu'il a apporté de chez lui. Pour le reste, Geneviève est rentrée soigner ses lombaires et la cantine était infâme. Et toi ? Ce déjeuner avec Marie-Paule ? » Il baissa la voix : « Si tu cherchais la discrétion, c'est raté, mon vieux. Maude se fait faire des sandwiches sans beurre au Relais, pour son cholestérol. Tu la connais, à l'heure qu'il est, tout le monde doit être au courant. Tu ne couperas pas à une scène. »

Beaujeu haussa les épaules. Qu'ils pensent ce qu'ils veulent après tout. Il se sentait las, indifférent à tout. Son corps seul se trouvait dans la pièce, un bloc lourd et étranger dans lequel il eût été forcé de vivre. Même la sollicitude de Marlot l'agaçait.

« Ça ne va pas ? s'inquiéta ce dernier. J'ai mis les pieds dans le plat, hein. Ça s'est si mal passé que ça ?

— Au contraire, ricana Beaujeu. En fait, je crois qu'elle est très accrochée.

— Merde, fit Marlot.

— Le problème, c'est que moi aussi je suis très accroché.

— Merde, répéta Marlot. Merde, merde. Il ne manquait plus que ça. »

Ils s'interrompirent tandis que se matérialisait entre eux une mince forme noire.

« Pardon de vous déranger. Est-ce qu'il reste du sucre ? »

Visage de petit singe gracieux, voix elfique et flûtée, l'air terrorisé d'un minuscule nuage s'immisçant entre deux masses d'air froid. C'était Martine Bonamour.

Elle frissonna légèrement, papillonnant des yeux avant de risquer la main jusqu'à la boîte que lui tendait Beaujeu.

« Oh, un seul, merci... Vous avez l'air si graves, tous les deux. Vous êtes sûrs que je ne vous dérange pas ?

— Bien sûr que non », assura Beaujeu, s'écartant légèrement pour lui faire une place.

Martine tombait à point nommé. Avec son teint de porcelaine, les mèches échappées de sa queuede-cheval, ses yeux égarés, on avait envie de la protéger, petite figure de verre fragile qu'un souffle eût suffi à briser. Elle arrivait à vélo le matin, des pinces aux chevilles, une cape noire flottant derrière elle comme une aile, se nourrissait presque exclusivement d'eau minérale, poursuivant à travers un perpétuel régime quelque image idéale d'elle-même — la silhouette diaphane et désincarnée des héroïnes de la poésie romantique qu'elle était devenue sans s'en apercevoir.

« Je crois que j'ai un gros besoin de chaleur humaine », murmura-t-elle.

Sa lèvre supérieure se mit à trembler. Elle tenta de se maîtriser, les yeux soudain noyés, avant d'enfouir son visage entre ses mains, les épaules secouées de sanglots. Décontenancé par cet accès brutal, Beaujeu l'attira contre lui, interrogeant Marlot du regard.

« Mon chou, allons... Qu'est-ce qui t'arrive donc de si grave ?

— C'est la quatrième 3, hoqueta-t-elle. Je ne comprends pas. C'était si beau pourtant ! »

Marlot eut un mouvement de tête entendu. Le petit organisme de Martine se détraquait ainsi plusieurs fois par semaine : elle arrivait en larmes à la récréation, s'effondrait dans les bras de Maude, les siens, ceux de Marlot, se liquéfiant d'une manière si ahurissante qu'on doutait alors qu'elle ne fût pas une Ondine, une divinité des rivières retrouvant un instant sa vraie nature aquatique.

Puis, aussi mystérieusement qu'elle avait été

provoquée, la crise se dissipait ; Martine se dressait tout à coup les yeux secs, réclamait sa bouteille d'Évian avec des airs de somnambule, comme s'il lui avait fallu sans attendre reconstituer ces réserves de survie imprudemment gaspillées.

« J'avais trouvé un poème merveilleux, poursuivit-elle, un petit sonnet délicat de Louise Labé. Ils grognaient tous comme des cochons, faisaient des concours de pets et d'autres bruits horribles !

— C'est ta faute aussi, ma chérie. Combien de fois te l'ai-je dit ? C'est suicidaire de vouloir faire de la poésie avec ces gosses-là. Ils ont un Q.I. à peine supérieur à celui de la tête de veau vinaigrette. »

Elle rit malgré elle, un gargouillis de nourrisson à travers ses larmes.

« Mais ce sont des enfants...

— Des gosses de quatorze ans, Martine. Ils mourraient plutôt que de paraître émus devant les copains. Je suis sûr qu'au fond d'eux-mêmes ils ont été touchés.

— Tu crois ? renifla-t-elle.

— Bien sûr, assura-t-il avec conviction. Bien sûr. »

Que dire d'autre à Martine ? Que ce en quoi elle croyait et qui faisait toute sa vie — la poésie, le théâtre — n'était plus qu'un monde mort, un archaïsme révolu ?

Sa détresse le touchait. Comme Martine, comme Maude, il était venu à l'enseignement par amour pour la littérature. Lui aussi avait vécu dans la vénération des grandes œuvres, le culte des écrivains et de la scène. Puis, un beau jour, il s'était lui aussi réveillé dans le monde étranger du collège, enrôlé sous la bannière des Jules Ferry, Jean Macé, Pierre Sémard, des Saint-Exupéry et des Gaston Ramon, ce Panthéon dérisoire de pionniers de l'aviation et de ministres de la Troisième République qui, désormais, allait remplacer l'illustre pléiade de leur jeunesse.

Martine, elle, ne s'était jamais vraiment réveillée. Chaque jour, avec une déroutante candeur, c'était ce qu'elle avait de plus cher qu'elle sacrifiait sur l'autel de l'Instruction publique. Ne rien leur donner de ce que l'on aime, lui répétait Beaujeu. Protéger ce jardin clos plein de fleurs et d'oiseaux auquel, plus qu'à ce monde, elle appartenait. Faire comme les Geneviève, les Raymond. Ceux-là n'aimaient pas leur discipline : ils aimaient enseigner, c'est tout. L'histoire ou les mathématiques n'étaient pour eux qu'un prétexte dans le combat qu'ils avaient engagé pour l'égalité des chances, la rédemption de tous par le savoir. Qu'étaient-ils eux-mêmes, sinon le produit de cet idéal républicain ? Un à un, ils avaient gravi les échelons, s'élevant d'un milieu modeste jusque dans le giron rassurant du ministère. Ils n'avaient fait que changer de famille et ils y resteraient jusqu'à leur mort, cotisant aux assurances professionnelles, meublés par les centrales d'achat, préparant leur retraite dans les maisons de la mutuelle. Une vie entière protégée de la vie par l'obscurité compacte des sigles — MGEN, CASDEN, CAMIF, SGEN, MAIF — et dont il ne resterait bientôt, pour seul vestige d'une vie d'homme, que les trois lettres DCD sur le grand rouleau de saint Pierre de la fonction publique.

« Oh, je sais bien que tu as raison, murmura Martine. Mais quelquefois, je les regarde, avec leurs cheveux en brosse, leurs bombers, leurs boutons. Est-ce que ce sont encore nos enfants, Philippe ? Je ne les reconnais plus : j'ai l'impression d'avoir devant moi d'affreux footballeurs en bordée, des créatures d'une autre planète. Et pourtant, c'est nous qui avons produit cette génération, Philippe. Quelle faute avons-nous donc commise ?

— Pourquoi revendiquer cette génération ? dit Marlot en haussant les épaules. Si tu savais le nombre de gens qui n'éteignent même plus leur télévision pour faire l'amour. Nous avons juste affaire aux enfants naturels des animateurs vedettes du mardi soir. »

Martine secoua la tête.

« Non, non. Tu es trop cynique. Qui sommes-nous, après tout, pour les juger ? Toutes ces règles que nous nous ingénions à leur apprendre. Parfois, je me dis que c'est nous qui tuons leur fraîcheur, leur spontanéité. Sais-tu comment ils écrivent “professeur” ? Avec deux *f*, “prof-fesseur”, comme si nous étions des pères fouettards. Moi, quand je lis dans une rédaction que “le héros tombe sans vit”, avec un *t*, je te jure : je ne peux m'empêcher d'applaudir. Est-ce que ça n'est pas aussi de la poésie ? Des sortes de mots d'enfants adorables ? De quel droit faudrait-il leur imposer nos règles d'orthographe obtuses ? Casser leur créativité à coups de notes et de 0 dans la marge ?

— De quel droit, en effet, opina Marlot. Quand le navire coule, à quoi bon chercher à sauver les petites cuillères. »

En ce moment, pensa Beaujeu en s'éloignant, Marie-Paule secouait son bonnet de laine dans le hall d'un cinéma. Pourquoi n'était-il pas avec elle ? Tout ce bruit que nous faisons pour oublier que la maison est vide ! se dit-il avec détresse. Qu'on ne nous laisse plus seuls dans cette salle glaciale. Nous nous cognons aux murs, nous raccrochant les uns aux autres comme des aveugles. Qu'on nous rende nos élèves. Qu'ils nous aident à oublier le vide sidérant où nous nous débattons.

Le bruit devenait assourdissant. Cependant, rien n'était réel. Ils mimaient la vie, s'agitaient en tous sens pour se persuader qu'ils étaient bien là. Seules les larmes de Martine, cette bouffée de souffrance irrationnelle, si brutale, si déroutante, avaient un peu de crédibilité. Maintenant, il écoutait leurs voix, regardait le mouvement de leurs lèvres. Que disaient-ils ? Cette existence illusoire qu'ils se donnaient dans les mots n'était plus la sienne.

« Veux-tu t'inscrire avec nous à un stage de groupe ? Il y a des choses passionnantes cette année. »

Bénédicte le fixait de ses yeux ronds, suçant la pointe de son crayon d'un air concentré.

« Arrête-moi quand quelque chose t'intéresse, d'accord ? Qu'est-ce que j'ai noté... Ah oui. "Évaluation normative et formative", "Vers la production d'hypertextes". Je ne sais pas ce que c'est mais ça a l'air génial... "Rénovation pédagogique par les imagiciels", "L'éducabilité cognitive". Un peu trapu, peut-être... Ah, celui-là devrait te plaire : "Didactique de l'approche autodocumentaire". »

À une table, plus loin, Gérard agitait la main vers lui. « Philippe, nous avons besoin de toi. On a les chiffres de la nouvelle dotation horaire pour l'année prochaine. Il faudrait faire le calcul des besoins dans chaque discipline.

— Philippe, l'interpellait Raymond. Philippe, on a fait une liste de la répartition des télés dans les salles. Je ne sais pas si tu es au courant, mais l'histoire-géo a quatre postes à elle toute seule. Un véritable monopole.

— Tu connais la meilleure, Philippe ? Je convoque le père, et tu sais ce qu'il trouve à dire à son fils ? "Mon garçon, si tu travailles mal à l'école, tu finiras prof d'anglais." »

Il était cerné, pressé de toutes parts. Trente adultes se trouvaient rassemblés dans cette pièce aux murs couleur de vanille synthétique. La grève du matin s'étiolait d'elle-même en une sorte de récréation sans fin. Formation, pédagogie, rénovation. L'atmosphère saturée de tabac bruissait d'un froissement de mots vides. Seuls, par petits groupes, sans estrade ni public, ils péroraient, discouraient, les lèvres sèches, l'haleine mauvaise. *Se remettre en cause. Trouver les moyens. Apprendre à apprendre.* D'autres, silencieux, corrigeaient leurs copies, remplissaient les premiers bulletins. Rien ne changerait jamais. Les mêmes sixième accablés de cartables trop lourds allaient devenir en quatre ans ces grands adolescents au visage ravagé d'acné et de poils pubères qui assistaient aux cours sans livres ni classeur. Le collège n'était que le bocal de cette métamorphose, un milieu trouble de mutation sur laquelle ils n'avaient pas prise. Comment n'avaient-ils pas compris que ce métier était fini ? Dépressions nerveuses, psychothérapies, aphonies chroniques, polypes sur les cordes vocales, toute une pathologie professionnelle quasi préhistorique... Dans les maisons de retraite de la fonction publique, des agrégés de philosophie tapaient inlassablement dans leurs mains pour mettre en rang des classes imaginaires. Des professeurs à chevelure blanche finissaient dans les épreuves de sélection des jeux radiophoniques, le championnat de France d'orthographe, les concours de mots croisés. Pour quel profit ? Savoir, sens critique, liberté, ces vieilles lunes étaient bien mortes. Marlot avait raison : cette génération luttait au contraire pour plus d'aliénation, de publicité, de loto. Ils ne voulaient *pas* changer ce monde. Il était pour eux, ils en revendiquaient les modèles, n'aspiraient qu'à se couler un peu plus dans le moule, qu'à fondre leur moi balbutiant dans le miroir des slogans. Ils voulaient de cette société qui leur donnait le droit au profit, à la consommation, le droit d'être la victime la plus vulnérable, la plus naïve, des marchands du Temple. Moyennant quoi, ils se comportaient à l'école comme des garnements dans un supermarché.

Mais lui, Beaujeu, qu'avait-il à faire dans ce monde ? Sa liaison avec Marie-Paule l'y rendait un peu plus étranger. Nul, hormis Marlot, n'en avait eu vent jusqu'alors. Il se sentait un agent double nouvellement immergé dans la salle des profs, n'arborant qu'en couverture l'existence lisse et respectable de ses collègues, mais menant dans l'ombre une seconde vie secrète, autrement riche et palpitante, à mille coudées des préoccupations matérielles auxquelles se bornait leur horizon. Le souvenir de sa liaison avec Marie-Paule, la connaissance intime qu'il avait d'elle le soustrayaient aux lois communes. Peu importait qu'on n'en sût rien. Il en jouissait comme d'une particularité cachée (le troisième téton de Scaramanga par exemple), quelque détail anatomique invisible mais gratifiant dont la présence suffisait à le distinguer, l'indice d'une essence supérieure, la double aigrette d'or de palmes académiques clandestines.

En trompant Catherine, c'était en quelque sorte son milieu, son métier même qu'il avait trahis ; c'était à cette vie de rectitude éducative et de conformisme conjugal, à cette médiocrité-là, pour tout dire, qu'il avait été infidèle. Mais en s'en libérant, il était tombé dans une dépendance plus grande encore — la frustration quotidienne que continuait de nourrir la compagnie de Marie-Paule

— à la façon d'un ancien fumeur contraint de travailler pour vivre dans une fabrique de cigares odorants.

Comment avait-il été assez sot pour croire qu'on peut mettre un terme à une liaison par le seul exercice de la volonté ? S'il n'avait su se résoudre aux mesquineries de l'adultère (les faux numéros, les dîners imaginaires avec d'anciens camarades d'études inopinément retrouvés, toute l'odieuse caleçonnade du vaudeville), il sentait chaque jour plus violemment combien avaient été vains ses efforts pour oublier, le temps perdu à mimer l'indifférence, le self-control de l'homme mûr. Il ne pouvait s'en prendre qu'à lui-même. Il avait édicté les règles, défini les conditions. Marie-Paule s'y était pliée de bonne grâce, acceptant avec un bel élan sportif qu'ils ne se voient plus qu'en camarades. Ce qui, de sa part à lui, avait été une manière de ne rien choisir, il le découvrait maintenant, de préserver leur relation dans une zone ambiguë où le moindre incident — une grève sauvage, un déjeuner en tête à tête — pouvait tout faire basculer.

Et c'était justement cela qui était en train de se passer.

« Philippe, tu savais que Piroton allait passer en conseil de discipline ?

— Piroton ? » répéta-t-il.

Il se laissait entraîner vers un fauteuil, trop hébété pour résister.

« Je ne comprends pas l'acharnement contre ce

garçon. Entre nous soit dit, si la Borgne n'arrive pas à tenir ses classes, ce n'est pas l'éviction de Piroton qui changera quelque chose. Il paraît qu'il l'a traitée de conne devant tout le monde. Si tu savais, Philippe, la richesse intérieure de ce garçon ! C'est bien simple, il n'avait de cesse que de me faire plaisir. Sa dernière rédaction était une véritable déclaration d'amour.

— Franchement, Maude, pardonne-moi, mais je me fiche totalement de Piroton. »

Elle se pencha vers lui, faisant tinter ses pendants d'oreilles : « Ça ne va pas, mon chou ? Tes mains sont glacées. Donne-les-moi, je vais te réchauffer.

— Tout va bien, Maude. C'est seulement que je n'ai pas envie de parler, voilà tout. »

Elle secoua la tête.

« C'est cette fille, n'est-ce pas ? Je t'ai vu tout à l'heure avec elle. Tu m'inquiètes, je t'assure. Tu es si pâle.

— Vraiment, Maude, s'il te plaît...

— Approche-toi. Tu es tout raide, tendu comme une corde à violon. Je connais ça. Cette horrible éducation qu'ils nous ont donnée. Ne pas écouter son corps, domestiquer la petite ménagerie. Relaxe-toi, mon chou. Mets tes mains contre moi pour les réchauffer. »

Il se laissait faire, touchant la chair encore ferme de son ventre, surpris de la trouver si dense. Un ventre chaud, légèrement bombé, sur lequel il pouvait sentir l'élastique de ses collants.

« Explique à Maude ce qui ne va pas. Tu sais bien qu'on peut tout me dire à moi. Raconte, ça te fera du bien.

— Je n'ai rien à raconter, Maude. »

Il protestait sans conviction. À quoi aurait-il servi de lutter ? C'était la scène du matin qui se reproduisait, une boucle du temps dans laquelle il se trouvait enfermé.

« Oh, je sais bien ce que tu ressens. Ils t'ont inculqué de force cette image de toi contre laquelle tu luttes. Je suis passée par là moi aussi : le nœud œdipien qu'il faut trancher un jour pour devenir soi-même. S'arracher à cette peau empruntée qu'ils t'ont collée sur les os.

— J'ai toujours eu un gros surmoi. Il doit me faire de l'albumine », plaisanta Beaujeu.

Maude, à son habitude, ramenait son histoire à un cas clinique pour psychothérapeute en dépassement d'honoraires. Et cependant, c'était comme une caricature de lui-même dans laquelle il retrouvait épars, dissociés de l'ensemble, certains de ses propres traits. Cette éducation qui lui collait à la peau, et qui avait formé avant lui des générations compassées et moralisatrices, ignorant l'infidélité et jusqu'au sens du mot désir. Trahir Catherine était trahir des siècles de Beaujeu dignes et graves. Peut-être lui manquait-il ce gène de l'adultère qui eût rendu toute chose plus simple.

« Ne fais pas la bête, mon chou. Si peu d'hommes sont faits pour être fidèles, pour avoir des enfants, un foyer. Tu n'échappes pas à la règle. »

Hors sujet, avait-il envie d'écrire sur la copie de Maude. De quel droit le rangeait-elle de force dans ses petites cases préétablies ? Il n'était pas un mari volage, non : il aimait Catherine, l'avait épousée librement après un choix mûr et réfléchi, lui était resté fidèle quinze années durant, jusqu'à Marie-Paule. Tandis qu'autour d'eux les couples s'effritaient, ils avaient même longtemps passé aux yeux de leurs amis pour un modèle de réussite conjugale.

Voilà ce que Maude ne comprendrait jamais : il aimait Catherine, il l'aimait sincèrement, profondément. Et cependant, dans cet amour, il restait une place pour une autre femme, indécelable auparavant. Et c'était là que Marie-Paule avait choisi de planter sa tente, colonisant sa vie affective, à la manière d'un coin de parc soudain livré à l'invasion du camping sauvage et qui révèle des étendues de ronces jusqu'alors inconnues.

Naturellement, il avait caché son aventure à Catherine, avait même trouvé une explication astucieuse lorsqu'elle avait découvert, en déballant son linge, le slip oublié dans la poche d'un pantalon. Son éloge appuyé de Sarah Zimmerman, sa façon d'oublier Marie-Paule dans le récit de leur voyage auraient mis la puce à l'oreille de n'importe qui. Mais Catherine n'était justement pas n'importe qui. Par bonheur, elle était bien trop intègre. Le spectre du mensonge, les fantômes de l'adultère n'appartenaient pas aux conceptions élevées qu'elle se faisait de la vie en général, et de son couple en particulier.

Il lui rendait grâce chaque jour de cette candeur. Mais en préservant son impunité, elle n'avait fait qu'augmenter, par contraste, le sentiment de sa propre noirceur. Jour après jour, l'idée qu'il ne s'était agi que d'une péripétie sans importance s'était muée en une culpabilité plus écrasante. Combien de fois, le soir, lorsqu'elle posait la tête sur son épaule, il avait été à deux doigts de tout lui avouer ! La confiance avec laquelle elle s'abandonnait l'arrêtait sur le fil, le laissant éveillé dans le noir, les yeux fixés sur le plafond, ruminant dans l'insomnie une hideuse addition de souvenirs frustrants et de remords. Elle dormait contre lui, chaude, lourde, la main repliée sur son pénis. Elle était sa femme. Il chérissait le poids de ce corps contre sa cuisse, l'odeur de son sommeil, et cependant c'était vers une autre que s'enfuyaient ses pensées, cette autre vie offerte qui le laissait inconsolable.

« Naturellement, tu aimes Catherine, acquiesça Maude. Labarthe m'a répudiée et pourtant je sais bien que je resterai toujours la femme de sa vie. La nuit, quelquefois, j'entends des pas sur le gravier. Je suis sûre qu'il vient encore rôder sous mes fenêtres sans oser se montrer. »

Comment pouvait-elle rapprocher leurs deux situations ? Divorcée à quarante-cinq ans passés, elle avait pris un amant de l'âge de son fils et continuait de poursuivre son ex-mari de lettres enflammées. « Tu es un écrivain, avait-elle dit en les lui montrant. Toi seul peux comprendre l'au-delà des mots. » Il aurait voulu qu'elle se taise, qu'elle cesse de distordre à son gré une histoire dont elle ne savait rien. Mais il ne luttait pas, trouvant une sorte de réconfort à en parler, même si mal, tant était grande sa solitude en cet instant.

« Je t'ai vu au Relais avec cette fille, dit Maude, ôtant ses lunettes pour le considérer douloureusement de ses yeux myopes. Je m'étais imaginé quelque chose de ce genre, mais pas elle, Philippe, pas elle !

— Pardon ?

— Une gentille fille, avec un derrière ravissant, je te l'accorde. Mais tu vaux tellement mieux qu'une petite monitrice de sports d'hiver.

— Tu vas trop loin, Maude », prévint-il.

Elle se fâcha, s'emparant de son poignet et le serrant avec une force insoupçonnable. « Tu me connais, Philippe : je suis assez exigeante avec moi-même pour l'être avec les autres. Je déteste la petitesse, les demi-mesures.

— Ce matin encore, tu me parlais de liberté.

— Arrête, Philippe, arrête ! Tu sais très bien ce que je veux dire. Tu as envie de mettre de jolies fesses rondes dans ton lit ? Moi, je te parle d'une belle âme, d'un être sensible et cultivé qui soit capable de comprendre ta richesse intérieure, de partager tes lectures, pas d'une fille qui passe sa vie à étudier les branchies de la moule ou les gastéropodes.

— Tu ne sais rien de Marie-Paule.

— Et je n'en veux rien savoir. Mais je te connais, toi. J'ai fait ton thème astral, ne l'oublie pas. Je sais combien on peut te faire souffrir. Oh, Philippe, mon chou, est-ce que je n'ai pas toujours été de bon conseil ? Je connais ce genre de filles. Labarthe n'a jamais su résister à une jolie cambrure. Vous êtes bien tous les mêmes : après quelque temps, il vous faut dans votre lit un corps jeune et ferme pour vous rassurer. C'est comme ça. Serge a beau dire, le chéri, la gym n'y fait rien. Nous nous flétrissons, la peau devient flasque, les seins tombent... »

La neige voletant derrière la vitre jetait sur son visage des ocelles bleuâtres. Pour la première fois, il remarquait de petites rides au coin de sa bouche, les premières taches brunes sur la peau de ses mains.

« Allons, dit-il affectueusement. Tu n'as jamais été plus séduisante. »

Elle lui abandonna sa paume avec une petite moue résignée.

« Serge est si jeune, tu comprends. Bien sûr, sexuellement, il n'a jamais été plus heureux qu'avec moi. Je fais encore illusion parce que j'ai de l'expérience. Si tu le voyais après, si attendrissant, un vrai bébé suçant son pouce. Mais je sais bien que ça ne durera pas. Un jour, c'est l'image de sa propre mort qu'il découvrira en entrant dans ma couche.

— Ne dis pas ça, Maude. Tu es morbide.

— Je suis lucide, voilà tout. Vingt ans de différence, tu comprends ? Alors je peux bien te dire ça, mon chéri : couche avec elle si ça te fait plaisir. Mais ne va pas t'enticher d'une petite prof de matière secondaire, même si n'importe qui aurait envie de toucher son adorable fessier. »

Que pouvait-il répondre ? La proximité des collègues donnait un caractère singulièrement déplacé aux propos qu'elle tenait, un peu comme si elle avait interrompu une réunion interdisciplinaire pour annoncer qu'elle se faisait poser un nouveau diaphragme.

« Si tu as une minute, Philippe, s'interposa Marlot, les bras chargés d'un volumineux paquet de dossiers. J'aurais besoin de toi pour nos troisième.

— Va, va, dit Maude en tapotant le genou de Beaujeu. Et n'oublie pas ce que je t'ai dit, mon chou : les branchies des moules. Tu vaux bien mieux que ça.

— Qu'est-ce que c'est que cette histoire de moules ? s'enquit Marlot.

— Oh, rien de ce que tu crois, fit Beaujeu en s'engageant derrière lui. Je t'expliquerai. »

15 h 30
Orientation

La salle de Marlot se trouvait au troisième, au bout d'un long couloir plongé dans la pénombre.

« Plus d'un mois qu'on doit me changer l'ampoule », dit-il en fouillant dans la serrure.

Beaujeu s'approcha d'une fenêtre. La vue plongeait sur la cour vide, les corniches enneigées, le toit de tôle du préau recouvert d'une épaisse couche blanche. Dans la terne lumière du milieu d'après-midi, les terrains de sport labourés par les glissades ressemblaient à du verre rayé. Des lumières brillaient dans le bâtiment d'en face, côté administration, et l'on apercevait par une fenêtre la petite silhouette du principal dictant quelque chose à un interlocuteur invisible.

« Je te fais passer par le cabinet des cartes, dit Marlot. Il faudra que je me décide un jour à y mettre un peu d'ordre. »

Ils traversèrent un réduit encombré de globes terrestres, d'appareils électriques et de rallonges. Au fond, par la porte béante d'une armoire à tirettes, on devinait des cartes murales, pendues à des taquets telle une lessive mise à sécher.

Marlot gagna l'estrade, jeta sur le bureau la pile de ses dossiers avant de manœuvrer l'interrupteur du tableau.

« Ici au moins, nous aurons la paix », commenta-t-il pour lui-même.

Des tables alignées, des rangées de chaises, quelques armoires vitrées abritant une collection de livres poussiéreux. Vide, la salle paraissait trop grande. Beaujeu s'attarda devant les affiches qui décoraient les murs, les mains dans les poches, embarrassé de lui-même comme s'il s'était trouvé seul dans l'entrepôt d'un garde-meubles juste après la fermeture.

« Calendrier mésopotamien, lança Marlot depuis le bureau. Là, tu connais : Venise durant le carnaval.

— Un problème avec les stages ? s'enquit Beaujeu en s'approchant.

— Aucun, aucun. »

Un instant, Marlot s'absorba dans le tri des dossiers. Sous la lumière du tableau, sa chevelure paraissait presque blanche. Il avait chaussé de petites lunettes, une paire de demi-lunes à montures en résine qu'il portait en équilibre à la pointe du nez. Coquetterie d'érudit, songea Beaujeu. Marlot avait un regard d'aigle.

« Ils m'emmerdent, voilà tout, dit-il enfin, rempochant ses verres avec une agilité de prestidigitateur. Assieds-toi, mon vieux, assieds-toi. Est-ce qu'il faut vraiment fournir au Minotaure son contingent de vierges et d'éphèbes ? J'ai parfois l'impression de faire le lit de l'Entreprise. Ce doit être ce que la patronne appelle "ouvrir le collège sur la vie". »

Beaujeu prit place au premier rang, casant avec difficulté ses genoux sous les arceaux du casier. Comment leurs élèves supportaient-ils ce supplice une journée durant ?

« Je suppose que les gosses y trouvent un avantage, avança-t-il sans conviction.

— Celui d'échapper à la Gestion Mentale peut-être, soupira Marlot. Est-ce que je vieillis, Philippe, ou sommes-nous tous en train de devenir fous ?

— Tu oublies l'option "Bridge et pédagogie", ricana Beaujeu.

— Dans n'importe quel autre endroit au monde, la moitié d'entre nous seraient passibles de la camisole de force. Cette impunité dont nous jouissons, Philippe, parce que nous traitons avec des enfants. Est-ce que c'est eux qui ont gagné ? Sommes-nous redevenus des enfants à leur contact ? Jour après jour, j'ai l'impression de m'enfoncer un peu plus dans l'irrationnel et l'arbitraire, de perdre contact avec toute réalité. Il n'y a qu'avec mes classes que les choses reprennent un sens. Une autre journée comme celle-ci, et je sens que je me mettrais à faire des sauts périlleux sur une table.

— Marlot, dit Beaujeu, je crois que je vais quitter Catherine. »

Marlot déplaça sa chaise, faisant résonner le plancher creux de l'estrade.

« Alors ça y est ? Elles ont fini par t'avoir, toi aussi ?

— Que veux-tu dire ?

— Maude et son délire hystérique, Sarah et son karma fluorescent... J'arrive trop tard, hein ?

— Je parle sérieusement, Marlot. Je crois que je vais quitter Catherine pour de bon. »

L'amertume qu'il sentait dans la voix de Marlot le déroutait. « Tu me déçois, semblait-elle dire. Je te croyais d'une autre pâte. »

« Ça n'a rien à voir avec Maude ou Sarah, ajouta-t-il, sur la défensive.

— Oh, je connais le pouvoir de Maude, dit Marlot avec un petit rire. Elle a “arrangé” pour moi une affaire de cœur autrefois. C'était l'année avant que tu n'arrives.

— Avec quelqu'un que je connais ?

— Tu serais surpris de savoir de qui il s'agit. C'est là que je vois que je vieillis. Je m'étais toujours donné pour règle la séparation des genres. Celles avec qui l'on travaille et celles avec qui l'on couche. Avec l'âge, on devient moins regardant. On compose avec soi-même.

— Tu as à peine cinq ans de plus que moi, remarqua Beaujeu.

— C'était en 89. Je ne me souviens même plus à quel propos nous faisions grève. Trois jours complets d'action au collège. Je ne m'en suis pas relevé. Toutes les maladies infantiles auxquelles j'avais échappé qui m'ont sauté dessus à quarante ans.

— Maude ? risqua Beaujeu.

— Maude ? Tu la connais bien mal, décidément. Sous ses dehors extravertis, Maude est une nonne. Non, non, pas Maude, grands dieux.

— Qui alors ?

— Tu veux vraiment savoir ? Eh bien, Martine d'abord, notre délicieuse Bonamour avec ses grands yeux éperdus, et puis quelques stagiaires innocentes qu'on avait eu l'inconscience de me confier. Ne fais pas cette tête-là, mon vieux. Je n'en suis pas si fier que ça.

— Je ne t'aurais jamais imaginé avec Martine », murmura Beaujeu.

Il la revit une heure plus tôt, le visage ravagé de larmes, avec cette tunique noire et vaporeuse qui la rendait si frêle. Pourquoi se sentait-il troublé ? Quelque chose venait de se lézarder dans l'image qu'il se faisait jusqu'alors de la salle des profs : une photo de classe trop sage, avec les bons élèves au premier rang (Raymond, Gérard, Bénédicte), les grands au fond (lui, Marlot), debout sur une estrade, l'air goguenard et souriant avec gêne. Un troupeau de blanches brebis dans lequel il s'était flatté depuis Venise d'être en secret le seul mouton noir. Sans doute, il y avait les divorces, celui de Maude, de Martine par exemple : on divorçait deux fois plus en moyenne chez les profs de lettres que dans les matières scientifiques. Mais les divorces n'étaient, eux aussi, qu'une forme parmi d'autres de l'existence matrimoniale. Ils appartenaient encore aux catégories répertoriées de la sexualité, à cette plate soumission aux usages sociaux auxquels, à la barbe de tous, il croyait avoir échappé dans sa liaison subreptice avec Marie-Paule. Les propos de Marlot ramenaient brusquement Beaujeu dans le lot commun, rabaissaient en quelque sorte son histoire à une petite péripétie médiocre comme ce monde avait pu jusqu'alors en produire sans qu'il en soupçonnât rien.

« Moi non plus, figure-toi. Ça s'est fait par hasard. Tu connais Martine. Elle était au trente-sixième dessous à cause du spectacle de son club-poésie. Le réfectoire était réquisitionné, les invitations envoyées. Bref, j'y suis allé, malgré ma haine déclarée de Prévert et des récitations d'élèves. Elle avait préparé ce spectacle durant deux trimestres, et pendant la représentation, elle s'est fait voler son sac à main et tout ce qu'il y avait dedans : papiers, cartes de crédit, clefs de son appartement. Son mari était en déplacement, ses enfants je ne sais où. Elle n'osait pas rentrer chez elle de peur qu'on ne la cambriole pendant la nuit. Je l'ai raccompagnée. Voilà. Naturellement, Maude m'a fait une scène épouvantable. »

Il fit tourner son stylo entre ses doigts comme une baguette de majorette avant de se pencher vers lui par-dessus le bureau.

« Je t'en conjure, Philippe. Pas de conneries. »

Beaujeu encaissa le vocable sans répondre.

Quelque chose lui échappait. En s'en faisant discrètement le complice, Marlot n'avait-il pas encouragé sa liaison ?

« Pas de conneries, Philippe, répéta-t-il avec entêtement. Reviens sur terre. Envoie-toi en l'air une bonne fois pour toutes et demande ta mutation, ou elles finiront par avoir ta peau. Tu vas te réveiller un matin dans le lit d'une petite gourde en te demandant ce que tu fais là, et il sera trop tard.

— Merci pour Marie-Paule, dit Beaujeu avec aigreur. Tu parles comme Maude en ce moment.

— Crois-en mon expérience, Philippe : emmène Catherine au club Med, payez-vous une semaine de rêve à Ibiza ou au Maroc, et cesse de déconner, pour l'amour du ciel. »

Il y avait quelque chose d'accablant dans la conviction de Marlot. Attablé derrière ses dossiers de stage, sous le tableau éclairé, il ressemblait à ces conseillers matrimoniaux des informations régionales, maniant un stylo à plume trop chic et s'efforçant au naturel devant les caméras.

Un puritain, songea Beaujeu. Son style anglais, ce parapluie noir roulé serré dans sa housse en acrylique. Un puritain, et de la pire espèce : un puritain coupable, veillant jalousement sur son domaine réservé. Ses coups de gueule, sa façon de le faire asseoir au premier rang comme un élève à qui l'on peut faire la leçon. Pour qui donc se prenait-il ?

C'était trop commode. Sa tiédeur depuis Venise le montrait bien, et sa réaction aujourd'hui : au fond, Marlot n'était complaisant qu'avec lui-même. Ouvert, tolérant, pourvu qu'on ne lui confisquât pas le beau rôle. Généreux chaque fois qu'il y trouvait l'occasion d'occuper le devant de la scène. Mais pour le reste ?

Beaujeu haussa les épaules. Il n'était pas besoin d'être grand clerc pour deviner que Marlot le lâchait. Mais curieusement, au lieu de l'ébranler, cette découverte confortait sa décision. Marlot démasqué, il découvrait tout à coup combien, ridiculement, il avait redouté son avis. Il perdait un allié ? Et après ? Il serait aussi infidèle à Marlot, voilà tout.

« Ça te va bien de dire ça », ironisa-t-il, retrouvant le ton caustique qui avait été le sien avec Bob, la veille, quand ce dernier, au milieu du tableau qu'il brossait de la situation mondiale, vue depuis l'officine d'un vendeur de téléphones portables, avait opportunément secoué son cigare dans l'un des beaux verres en cristal taillé de la mère de Catherine... « En ce qui te concerne, Ibiza ne paraît pas avoir eu l'effet escompté.

— Rien à voir, dit Marlot. Béatrice et moi n'avions pas d'enfants. C'était une autre époque : l'amour libre, le retour à la terre et toutes ces conneries. On vomissait tout ce qui était bourgeois, les gosses, les caniches, la cuisine au gaz. On s'est réveillés trop tard. Il n'y avait plus rien à faire, la machine était cassée. La grosse panne emmerdante.

— Et si j'ai envie moi aussi de tout plaquer pour m'installer sur le Larzac ? De vivre ma jeunesse avec un peu de retard ? Cette fille me hante, Marlot. J'aurais préféré ne jamais la rencontrer, mais elle est là. Je ne peux pas rater cette occasion. Je me le reprocherais tout le reste de mon existence. Moi aussi, j'ai droit à ma folie.

— Ton Larzac ? Laisse-moi rire. Je ne te donne pas trois jours pour te lasser de l'éclairage au suif et des caleçons en laine vierge.

— Tu es revenu de tout, hein ? J'étouffe dans cette vie, Marlot. Je m'amoindris, je me rétracte comme un ongle desséché. J'ai besoin d'air, de liberté.

— Décidément, tu es vraiment trop con, soupira Marlot. Avec toute l'amitié que je te porte. Qu'est-ce que ça veut dire, cette liberté ? Celle de te faire larguer par Marie-Paule quand elle en aura assez ? Celle de vivre dans un studio de quinze mètres carrés, de bouffer du chevreuil en portion individuelle sous vide le soir du réveillon de Noël ? Je connais, merci. Crois-moi, le jeu n'en vaut pas la chandelle. »

Fugacement, Beaujeu revit la silhouette de Marlot sur le vaporetto, le soir où il avait couché avec Marie-Paule. Don Juan descendant aux enfers, dans le poème de Baudelaire.

« Couplet facile, dit Beaujeu. Je croirais entendre Catherine.

— Ne la perds pas, Philippe. Ne la laisse pas échapper comme je l'ai fait avec Béatrice. Au début, c'était si confortable : une association érotique à but non lucratif, chacun couche avec qui il entend. Ni serments ni promesses. J'étais le seul à en profiter, bien sûr. Béatrice m'aimait moi, et moi j'aimais toutes les femmes. Peut-être les choses auraient-elles été différentes si on avait eu des gosses. Je n'ai même pas été capable de ça : faire un enfant à la fille avec laquelle je vivais. On finit par tellement s'habituer à la présence de l'autre... Elle fait partie de nous, on ne la remarque même plus, on a envie de sensations fortes, de nouveauté. C'est quand on la perd qu'on se réveille amputé, qu'on découvre qu'on avait une main droite. C'est ce qui est en train de t'arriver, Philippe.

— Dire que c'est toi qui vomissais les valeurs petites-bourgeoises, s'esclaffa Beaujeu. Je n'aurais jamais pensé t'entendre prôner les vertus de la fidélité et du mariage. Tu dois avoir raison, Marlot. Tu vieillis. »

Marlot tapa du plat de la main sur la table, soulevant un petit nuage de craie avant de se pencher vers lui : « Va au diable, Philippe. Allez au diable, tous autant que vous êtes, les Sarah, les Maude, les Beaujeu... Je suis là à vous écouter, à régler des problèmes de chaudière et des histoires de lit. Mais j'ai terminé ma journée depuis longtemps, mon petit vieux et, à l'heure qu'il est, je devrais déjà être loin d'ici à présenter mes hommages laborieux à Mme Piroton.

— Mme *Piroton* ? La mère de Piroton ?

— Tout juste. Avec laquelle je n'ai même pas

l'excuse d'un vol de sac à main. Ça t'épate, hein ? Tu vois, je ne suis pas encore revenu de tout.

— Je ne saisis pas bien le rapport, dit Beaujeu après un temps.

— Le rapport ? Il est simple, pourtant. Les gens comme Maude s'en tireront toujours. Tu sais que je l'aime bien, mais elle est cinglée, Philippe, complètement cinglée ! Peux-tu l'imaginer seulement une minute ailleurs ? Dans le monde *réel* ? Il n'y a qu'ici qu'elle peut exister. Ce métier est le miroir de toutes les névroses, elle y a trouvé plus cinglé qu'elle et elle vous entraîne tous vers le fond... Mais pendant que vous continuerez de vous débattre dans vos contradictions, moi je siégerai à ce foutu conseil de discipline... En tant que professeur principal, je devrai dire à la femme avec qui je couche tout le mal que vous pensez de son rejeton et de l'influence pernicieuse que sa conduite dissolue exerce sur ce cher bambin. Qu'elle ferait mieux d'être chez elle, le soir, à surveiller les devoirs de son fils, au lieu de s'envoyer en l'air avec un pédagogue vieillissant. Tu as déjà assisté à ce genre de conseils, Philippe ? Est-ce que tu as seulement une idée de ce que ça représente ? »

Il se tut un instant, fixant les jointures épaisses de ses doigts.

« Voilà où j'en suis, Philippe. Le nez dans mon propre sac. Alors tu comprends, les angoisses métaphysiques de Maude... J'essaie seulement de te mettre en garde.

— Je suis désolé, dit Beaujeu.
— Tu as bien tort. Je ne le serais pas à ta place. Il faut bien que l'on paye un jour par où l'on a péché. Et puis, Piroton est un véritable emmerdeur, même si sa mère est un bonbon. »

Du couloir parvenaient des coups sourds, le couinement d'un chariot qu'on déplace. À l'exception du tableau, tout était sombre dans la pièce. Il faisait presque nuit.

« Et ce conseil aura lieu quand ?
— Je ne sais pas. La semaine prochaine, sans doute. Cela me laisse quelques jours de copulation sans ombres. C'est peut-être ça la solution, après tout : être vain tant qu'on le peut encore. S'en donner à cœur joie une bonne fois pour toutes. »

Il jeta un coup d'œil autour de lui, comme surpris de l'endroit où il se trouvait.

« Bon Dieu, on n'y voit rien ici. Quatre heures déjà. Le ballet de purification commence de plus en plus tôt. Bientôt elles viendront balayer avant la fin des cours. »

Ils se regardèrent, gênés par la violence des paroles qu'ils avaient échangées.

« J'ai eu des mots un peu vifs, commença Beaujeu. Je ne voulais pas être blessant.
— C'est moi. J'ai eu tort. Tu sais ce que tu dois faire, bien sûr. Bonne chance, vieux. Ne la fais pas attendre. »

Il déplia ses longues jambes avec difficulté. Dans l'obscurité, le craquement de ses genoux ressemblait à des noix qui se brisent.

« Froid de canard, ici, marmonna-t-il. Ils n'auront jamais réparé pour demain. »

Beaujeu s'était levé aussi. Ils s'échappèrent chacun de leur côté, avec une précipitation forcée pour ne pas se serrer la main. Ce geste, exécuté entre eux d'habitude comme une parodie burlesque des usages civils, aurait paru cette fois par trop cérémonieux.

16 heures
Fin des classes

Sur les trottoirs, la neige faisait une mélasse brune, épaisse et collante sous les semelles. Il n'était pas tard et cependant une brume blanchâtre était tombée, estompant les perspectives sur l'avenue, gommant le contour des choses.

Beaujeu marchait à grands pas, sans se retourner. Par instants, de petits paquets de neige s'effritaient sans bruit sur ses épaules, tombant des arbres nus. Des voitures le doublaient au ralenti, suivant avec précaution la double trace formée sur la partie sablée de la chaussée. Dans l'une d'entre elles, il crut reconnaître Maude et détourna la tête.

Il ne passerait pas à l'appartement prendre quelques affaires : pyjama, brosse à dents, rasoir, mules en cuir éraflé. Il le savait pertinemment, il ne pourrait supporter la vue des petits cirés jaunes pendus au perroquet, ou le gémissement sous la semelle d'un Mickey de caoutchouc tandis qu'il chercherait l'interrupteur de l'entrée. D'ailleurs, on ne part pas vraiment en emportant ses pyjamas ou l'antique brosse à dents aux poils tout aplatis. Il commençait une nouvelle vie, seulement vêtu de cette peau neuve qu'il sentait autour de lui, souple et fraîche comme celle d'un nourrisson.

Il respirait, se répétait-il. Il respirait. C'était la preuve qu'il était à nouveau vivant. Ses poumons obscurcis par une journée à trop fumer se défroissaient à l'air vif, *Plop !*, à la façon des sachets de café sous vide lorsqu'on les perce : une sensation euphorique et douloureuse en même temps — celle, songea-t-il, qu'il avait dû éprouver en passant du milieu liquide originel à l'air conditionné de la maternité.

Il avait changé de trottoir, refusant le côté habituel, et ce déplacement de point de vue était déjà l'aventure. Tandis qu'il attendait au feu, il aperçut sa voisine qui faisait les cent pas devant un coin chauve du terre-plein. Le chien furetait en manteau écarlate. Combien de fois pissait-il donc par jour ? se demanda Beaujeu avant de s'engager au milieu de la circulation.

Maintenant, c'était la longue descente vers la gare, peuplée de maisonnettes aux jardins poudreux, les haies durcies comme des feuillages de fer forgé décoratifs, la chevelure d'un saule qui coulait jusqu'à terre en un ruissellement de glace figée. Sur un perron, un retraité en chaussons de feutre maniait des tréteaux. Les premières guirlandes de gui et de pâte à sel avaient fleuri sur les portes, ornées de rubans rouges et de formules de bienvenue.

Le premier Noël qu'il passerait sans ses filles, réalisa-t-il tout à coup. S'apercevraient-elles seulement de son absence ? Les parents de Catherine sauraient bien compenser la trahison et l'abandon. Ils étaient si dignes dans l'épreuve. Des rocs, qui se révélaient dans le deuil, cultivant à longueur d'année les régimes alimentaires telle une variante mineure de la maladie. Noël ressemblerait à tous les autres Noëls, avec les paquets qu'on ouvre aux ciseaux, le sol jonché d'aiguilles de sapin et de papier cadeau, la grosse poupée à piles dont les paupières se mettent soudainement à battre dans un petit claquement mécanique — ce folklore dont s'était nourrie sa propre enfance et qu'il n'avait eu de cesse de reproduire. Échapper au piège de la répétition, se dit-il en accélérant le pas. Surtout ne pas regarder en arrière.

Sous le pont ferroviaire pendaient de longues chaussettes de glace qui se mirent à tinter au passage du train. Les wagons ressemblaient à des rectangles de ciel bleu qu'on aurait découpés et assemblés les uns aux autres avant de les lancer depuis le bout de l'horizon.

Un coup d'œil à droite, un autre à gauche. Il sauta avec raideur le portillon automatique, s'efforçant de ne pas courir. Pulsion stupide, se dit-il en s'installant dans le fond d'une rame, soudain assailli par la vision de son escapade échouant lamentablement, menottes aux poings, dans les locaux sinistres de la RATP.

Brusquement, tandis que le train prenait de la

vitesse, une vague d'angoisse le submergea. Catherine avait beau jeu de se moquer de son indécision, de l'incapacité quasi pathologique qu'il éprouvait à choisir ne fût-ce qu'un pantalon ou une montre neuve... Il n'avait rien choisi. L'un des côtés de la balance sur laquelle s'étaient entassées, nuit après nuit, en une masse inextricable, les pièces de l'argumentation, thèse, antithèse, remords, doutes, avait cédé tout à coup, l'entraînant dans sa chute. Son assurance n'était autre qu'une délivrance, une frénésie d'ivrogne — comme s'il s'était subitement, sans raison apparente, lancé à tombeau ouvert sur une portion de route déserte au volant d'une voiture décapotable, la peau plaquée sur le visage en une grimace de plaisir.

Tassé sur son siège, le cartable entre les genoux, il se sentait brutalement dégrisé, les jambes flageolantes. D'innombrables obstacles, écartés d'un coup de coude rageur, se dressaient à nouveau devant lui, plus compacts, quasi infranchissables. Quais, ponts, entrepôts se ruaient contre la fenêtre du wagon, des lignes électriques montaient et descendaient à une vitesse stroboscopique, déchiquetant le reflet de son visage sur la vitre. Ce n'était plus lui qui avançait, lancé comme une balle dans cette fin d'après-midi brumeuse, mais la marée de pour et de contre qu'il croyait avoir laissée sur place qui le rattrapait maintenant, le dépassait à une vitesse terrifiante tandis qu'il filait en droite ligne vers la collision...

Il n'aurait jamais dû monter sans billet. Sa pratique de la liberté était encore trop fraîche pour y ajouter les vertiges de la transgression. Il n'avait pas la conscience tranquille, voilà tout, se raisonna-t-il. Cette paralysie à l'instant de l'action. Tous ces verrous, ces interdictions qu'il avait toujours imposés à son propre désir. Abolir en soi l'être moral. Cela n'allait pas sans mal. Je suis seulement en chemin, Maude. Pourquoi n'ai-je pas pris un taxi ?

Première station. Ils traversaient maintenant une banlieue industrielle, de vieux immeubles noirs de crasse, des petits potagers blanchis le long des voies, des avenues trop larges enjambées par des ponts métalliques. Clichy devait ressembler à cela. Marie-Paule y habitait un appartement vétuste, un sixième sans ascenseur donnant sur une rue passante. Au rez-de-chaussée, un épicier arabe ouvert le dimanche, imagina-t-il. Elle y descendait en robe de chambre, sans rien dessous peut-être, acheter une boîte de thon à l'huile et des olives pour le pique-nique du soir. L'immeuble entier vivait la nuit, un petit monde bruyant et coloré d'étudiants en psycho qui sonnaient à n'importe quelle heure pour étaler sur son tapis des éléphants d'ivoire, des Lacoste de contrefaçon ou de petits sachets de poudre aphrodisiaque. Voilà ce dont il avait besoin : d'un lieu populeux et sordide, plein de vacarme et d'épices, l'érotique antidote au silence policé des livres dans lequel il s'était complu jusqu'alors. Peu importait au fond que ce Clichy-là dût tant lui-même aux livres et à

Henry Miller : il voulait y plonger de tout son être, anéantir une fois pour toutes cette barrière de mots qu'il avait entassés entre sa vie et lui.

Tant d'années perdues ! Ce temps gâché à tenter de se persuader, de persuader ses classes, que la littérature est la vie même, concentrée dans de si justes proportions que quiconque n'a pas lu reste aveugle et sourd le reste de ses jours. Nous n'enseignons rien à nos élèves : nous ne faisons que leur transmettre notre propre peur, notre incapacité devant l'action, que dresser autour d'eux de petits abris de savoir antiatomiques où se protéger du vent, de l'amour, de la souffrance et de l'ivresse.

Il avait attendu trop longtemps. Trop longtemps végété pour que sa liberté se conquière autrement que dans la douleur de l'arrachement. Il revit Mathilde à trois ans, trottinant à ses côtés dans le jardin public — son émotion alors de la découvrir moins grande que son propre parapluie... Il avait eu des enfants trop tôt. Trop vite, sans qu'il s'en aperçût vraiment, le temps ne s'était plus mesuré qu'aux petites marques de crayon bleu sur le chambranle de la porte où elles venaient s'appuyer, la nuque droite, collant avec fierté leurs talons nus contre la plinthe. Ce n'était plus lui qui vieillissait, croissait vers la sagesse, la paix, l'expérience : c'étaient elles qui grandissaient, le poussaient irrévocablement hors jeu.

Elles grandissaient. Lucie, cet été, aurait pied pour la première fois dans la piscine de Carnac, songea-t-il dans un accès de détresse. C'était ce genre de détails contre lesquels il faudrait lutter, il le savait, eux qu'il redoutait déjà, et qui dressaient devant ses yeux une étrange image anticipée de lui-même : un homme vieillissant qui avait les traits de Marlot (est-ce contre cela que Marlot avait tenté de le prévenir ?), le visage bleui par l'insomnie, et qui contemplait au-dessus du bol sale où il écrasait ses cigarettes le désastre de sa propre vie dans une cuisine de Clichy.

Mais le paysage hivernal qui défilait sous ses yeux (la pelouse enneigée d'un terrain de football, la foule près d'une gare d'autobus) repoussait Carnac dans un lointain trop irréel. Dans son être présent, il n'y avait pas de place pour la mélancolie. Seulement un noyau d'égoïsme dense et compact autour duquel ses forces se rassemblaient, se concentraient en un bloc de matière têtue, dure comme de la pierre, que rien n'aurait pu écorner. C'était une impression singulière, sans équivalent connu : une balle de gros calibre que l'on n'a pu extraire, et dont le poids douloureux dans la chair du blessé cristallise désormais autour d'elle la conscience d'être en vie.

Le train plongeait sous terre. Au même instant, un visage apparaissait derrière la vitre, un homme encore jeune, aux yeux écarquillés, qui l'observait avec attention. Un étranger dans la compagnie duquel il aurait vécu de longues années sans le savoir, un être inconnu de Catherine, des enfants, et dont Maude seule peut-être (Beaujeu devait lui rendre cette justice) avait su discerner les traits.

Au Châtelet, dans l'impunité de la foule, le portillon n'était plus cette infranchissable barrière symbolique. Juste un tube de métal, dangereusement placé à hauteur d'entrejambe. Il entra dans un kiosque, acheta un journal du soir qu'il abandonna sur la caisse (se défaire de toutes ses peaux) avant de se diriger, les poches lestées de monnaie, vers une cabine téléphonique.

Reviens, Aïcha. La peinture métallisée de l'appareil s'ornait de messages, de numéros de téléphone illisibles. Il forma le sien, le cœur battant sans raison.

« *Bonjour*, dit la voix de Catherine. *Vous êtes bien chez Philippe et Catherine Beaujeu. Nous ne sommes pas là. Vous pouvez laisser un message après le bip sonore. Nous vous rappellerons dès notre retour.* »

Beaujeu raccrocha. Catherine était chez l'orthophoniste pour Mathilde, elle ne rentrerait pas avant sept heures. Ce retard entrait dans ses calculs. Et cependant, sa voix enregistrée lui fit mal. Une voix posée, détachant les syllabes avec soin, à laquelle les circonstances donnaient un caractère d'absence définitive.

« Bonjour Catherine, dit-il très vite la seconde fois. C'est Philippe. Je sors avec Marlot. Un dîner entre copains qui risque de finir tard. Ne m'attends pas, je dormirai sans doute chez lui. Tout va bien à la maison ? Si Lucie a perdu sa dent, n'oublie pas la petite souris. Et embrasse les filles pour moi très fort, tu veux bien ? Je t'embrasse aussi. »

Il reposa le combiné avec soulagement, un peu inquiet cependant. Son ton était-il suffisamment anodin ? Aurait-il dit « très fort » dans une autre circonstance ? Qu'importe, trancha-t-il. Il se ménageait une issue de secours. Pour le reste, il écrirait. Il restait après tout un homme de l'écrit. Catherine lui en faisait suffisamment le reproche, l'accusant de ne rien confier de ses sentiments, sinon par lettres, ou d'être maladroit — ce qui était pire. Cette fois, il saurait trouver les mots. « Un autre homme. » « L'épanouissement de chacun dans le couple. » « Revenir plus fort, comme purifié. » « Confiance en ta compréhension, ta générosité. » Les grandes lignes en étaient tracées. Il les voyait déjà s'organiser devant ses yeux, serties dans de belles phrases pleines d'émotion et de retenue virile, toutes les justifications qu'il s'était épuisé à trouver pour lui-même au cours des nuits d'insomnie, et qui défilaient maintenant, purifiées par l'émotion... Et durant un instant, leur déroulement harmonieux s'imposa avec une telle netteté qu'il se sentit transporté vers Catherine par une bouffée d'attendrissement esthétique.

Tout lui semblait plus léger maintenant. Il décocha un clin d'œil complice au couple de punks à cheveux rouges qui barraient les escaliers, une bouteille de bière à la main, le blouson bardé de chaînes comme une parodie de décorations soviétiques. L'œil torve avec lequel ils le dévisagèrent ne le découragea pas. Comment auraient-ils su qu'il était libre lui aussi ? Il hâta seulement le pas, poursuivi par les échos d'un rot tonitruant roulant sous le plafond voûté du couloir. Même la foule d'employés entre lesquels il s'immisça, se forçant une place de l'épaule dans le wagon bondé, éveillait en lui une bienveillance fraternelle. Ils se hâtaient de rentrer chez eux, le teint blême, les aisselles moites. Avec son manteau trois-quarts, la serviette qui sciait ses phalanges, Beaujeu n'était pas différent. Il l'était cependant : lui venait de commettre l'irréparable.

Quelle délicieuse sensation, se dit-il. Avec Marie-Paule, une nouvelle espèce venait de s'ajouter à la connaissance qu'il avait de ses semblables, une espèce rare et singulière, résumée dans un spécimen unique, et dont l'éclat rejaillissait en retour sur la société tout entière des hommes, devenue soudain multiple, d'une variété complexe qui l'étonnait et l'attirait. C'était tout son vieux fond misanthrope et narquois qui cédait d'un seul coup, des années d'hypocondrie, d'aversion pour les contacts rapprochés, les bacilles, la contagion, les vestiaires de garçon, qu'il laissait derrière lui.

Immergé dans ce mélange d'haleines aigres, de sueur, d'odeur de pieds et de vieux vêtements, il prenait un bain d'humanité, s'abandonnait à la vraie vie, suspendu à la main volante avec un inquiétant sourire d'extase.

19 heures
Étude du soir

Porte de Clichy, il pleuvait. Le ciel était noir, déchiré de trouées lumineuses. Beaujeu demeura un instant près de la bouche de métro, clignant des yeux sous la pluie. Tout était trop net, agressif, volumineux. Après cette journée de neige, il lui semblait s'éveiller d'un long étourdissement cotonneux, le sang battant les tempes, les paupières douloureuses, une sorte de migraine ophtalmique après un blanc de la conscience, brutalement crevé par l'éclat d'un phare qui fouillait sa rétine avec la précision d'une lampe d'examen.

Il était fatigué. Simplement fatigué. Cette longue, trop longue journée passée à fumer, la rame surchauffée, les innombrables correspondances qu'il avait fallu prendre. Sept heures. La nuit était tombée sans qu'il s'en aperçût, ajoutant à son dépaysement. Il étudia rapidement le plan du quartier avant de se mêler à la foule qui se dispersait avenue de Clichy, hâtant le pas comme s'il avait craint de rester seul dans cette partie inconnue de la ville.

Une première rue à droite, une deuxième. La pluie tombait plus dru, rendant illisibles les noms sur les plaques. Il se perdit, revint sur ses pas. Sorti de l'avenue, le quartier était désert. Il explorait une portion de carte restée vierge. Sans raison apparente, il songea à Geneviève Bras. Comment pouvait-on passer ses journées à parler d'Oulan-Bator, des plaines de Mésopotamie ou du Kazakhstan et retaper tous les étés depuis dix ans la même ferme en Ardèche ? Mettre ses aspirations en conformité avec ses actes, se dit-il pour s'encourager. Il avait claqué la porte une bonne fois pour toutes. Il était trop tard pour faire machine arrière.

Une étroite artère venteuse s'ouvrait devant lui, couronnée d'une coulée de ciel jaune. C'était la rue de Marie-Paule. À l'angle, la devanture d'une boutique d'articles anglais ressemblait à une bonbonnière : boîtes à thé en fer-blanc, napperons décorés, porte-parapluies, cache-théières à carreaux molletonnés, services à thé, porcelaines décorées à l'effigie de Diana et du prince Charles, savons en sachets ornés de papillotes — un petit salon bourgeois et confortable, aussi surprenant dans ce quartier qu'une vitrine archéologique abritant les trésors d'une civilisation disparue. Il faudrait qu'il note l'adresse pour Catherine, se dit-il, avant de ricaner de sa propre absurdité. On ne se défaisait pas si aisément d'habitudes vieilles de quinze ans.

L'immeuble de Marie-Paule donnait sur une cour sans jour. Pas d'épicier arabe, nota-t-il en manœuvrant en vain l'interrupteur de cuivre.

C'était bien là cependant, s'il fallait en croire la rangée de boîtes aux lettres défoncées. *Brunel Marie-Paule, 6ᵉ*. Il buta contre une poubelle embusquée sous l'escalier, jura, trouva enfin sous la main le long serpent froid de la rampe avant de commencer son ascension, se brûlant le pouce contre la flamme de son briquet.

À chaque palier, une vitre étroite en verre dépoli éclairait les marches inégales, des murs feutrés de vert-de-gris. On entendait crépiter des mitraillettes, le hululement de voitures de police, la sonnerie reconnaissable des téléphones dans les feuilletons des années soixante-dix. Il semblait à Beaujeu qu'il montait à travers l'obscurité dans un décor artificiel de série télévisée, peuplé de voix de doublage à la diction trop appuyée, de coups de frein, de portes claquées avec une force expressionniste. Quelque part, une femme hurla, tandis que la minuterie de l'entresol s'éteignait une nouvelle fois.

Beaujeu gagna le sixième à tâtons, les jambes coupées, le souffle court. Soudain, il se vit dans son loden, avec ses chaussures fatiguées, sa chemise collée de sueur : un démarcheur en assurances ou encyclopédies faisant du porte-à-porte à l'heure du dîner. Il se présentait chez sa maîtresse le cartable à la main, un goût amer de tabac dans la bouche, portant comme son bien le plus précieux un lot de copies non corrigées et de stylos à bille rouges. Aurait-il dû acheter des fleurs ? se demanda-t-il, attribuant les battements de son cœur à l'escalier trop raide et à une vie trop sédentaire. Pourquoi se le cacher : il était intimidé, perdu, au bord de la panique. Il rectifia sa tenue, souffla dans sa paume pour flairer son haleine (cette odeur étrangère qui lui collait à la peau) avant de se résigner à presser le bouton de l'antique sonnette, ronde et jaunâtre comme un sein de cuivre.

Rien ne se produisit. Il recommença, l'oreille tendue, guettant un signe de présence à travers la pulsation bruyante du sang contre les parois de son crâne. Il aurait dû téléphoner, la prévenir de sa venue. Mais Marie-Paule avait raconté quelque chose au sujet de son téléphone, couplé dans la journée au répondeur d'un kinésithérapeute, pour d'obscures raisons de frais de ligne ou d'abonnement. L'appel de Beaujeu aurait atterri sur le bureau d'un inconnu, ridiculement perdu parmi des demandes de rendez-vous et de massages à domicile.

Il sonna une nouvelle fois avant de s'asseoir avec accablement sur le paillasson marqué WELCOME. Un film japonais interminable, avait dit Marie-Paule. Ses après-midi, ses soirées lui appartenaient, elle était libre comme l'air. Elle rentrerait vers minuit de chez des amis, un peu éméchée, le trouverait endormi en chien de fusil devant sa porte, prenant peut-être sa forme allongée pour celle d'un clochard et n'osant entrer chez elle.

Pourquoi en aurait-il été autrement ? Toute l'absurdité de la situation le rattrapait. C'était le prix à payer, naturellement, songea-t-il dans un brusque accès de mortification. Repentir, soulagement, frustration, apitoiement sur lui-même s'enchevêtraient devant cette porte close. Sa coupable, grotesque, pitoyable indécision ! En même temps, surgissait dans une brume irisée l'image idéale du foyer qu'il venait de quitter pour ce coin de palier glacial et sans lumière. Et il serrait contre lui sa serviette comme si elle avait pu contenir dans ses soufflets trop plats Catherine, les enfants et la promesse de son pardon...

Un bruit soudain le jeta sur ses pieds. Quelqu'un montait. Marie-Paule ? Non, un pas d'homme plutôt, pesant et assuré à la fois, qui trouvait sans peine ses appuis dans l'obscurité et sifflotait entre ses dents.

Instinctivement, Beaujeu s'écarta, feignant de chercher quelque chose dans son cartable.

« 'Soir », dit l'homme en déboulant sur le palier.

Silhouette trapue de livreur, pantalon de survêtement sur lequel bâillait une veste de laine à gros carreaux. Visage rond et avenant, coupé en son milieu par une casquette de base-ball. Il dévisagea Beaujeu, changeant de bras sans effort apparent le volumineux paquet qu'il portait.

« Marie-Paule n'est pas là ? »

Beaujeu se lança aussitôt dans un flot d'explications. Il arrivait à l'instant, avait sonné en vain. Tant pis ! Une petite visite amicale sans importance. Il repasserait plus tard. D'ailleurs, il s'en allait déjà.

« Des semaines que je lui dis de réparer cette foutue sonnette », fit l'homme avec un soupir.

« Bunny », ajouta-t-il en souriant, comme si ce vocable avait désigné la main qu'il tendait à Beaujeu, spongieuse et poilue tel un jouet en peluche. « D'ailleurs, elle ne ferme jamais à clef. »

Il tourna la poignée, repoussa la porte du pied avant de s'écarter devant Beaujeu.

« Vous n'avez qu'à l'attendre à l'intérieur », fit-il.

Un charmant voisin, songea Beaujeu. Il fit un pas dans la pièce, étonné de voir l'homme entrer à son tour et refermer derrière lui.

« Ne vous donnez pas cette peine, commença-t-il tandis que l'autre, les bras toujours chargés, cherchait du coude l'interrupteur mural.

— Faites comme chez vous, mon vieux. Le temps de me débarrasser de ça. »

Il disparut dans la cuisine, laissant Beaujeu examiner avec curiosité la pièce où il se trouvait. Un parquet peint en mauve, quelques tapis gondolés, des murs nus dont le plâtre s'écaillait. L'un des côtés de la pièce était couvert d'une tenture indienne au motif incertain : une sorte de roue zodiacale formée par les bras innombrables d'une déesse au nez fin, à la poitrine nue et ronde, qui semblait suspendue au-dessus du sol sur un strapontin invisible. Des étagères de bois brut occupaient l'autre côté, chargées de livres et d'objets exotiques : un éléphant tibétain en fer-blanc, de minuscules verres à thé, une poterie aztèque représentant un visage grimaçant au milieu duquel était fiché un moignon de bougie bleue.

« Assieds-toi », dit Bunny, toujours vêtu de sa casquette et de sa veste.

Beaujeu s'exécuta docilement, trop surpris par le tour que prenaient les événements pour noter le tutoiement. Une couverture arabe frangée de glands tressés recouvrait le canapé. La laine en était rêche et sentait le vieux chien. Il avait imaginé autrement l'endroit où vivait Marie-Paule. Moins nu, moins délabré aussi. Au fond, la cheminée bouchée d'un pare-feu noir semblait une concession incongrue aux appartements bourgeois d'autrefois, un anachronisme. Meubles, objets ne renvoyaient à aucun style reconnaissable : de toutes tailles, de toutes provenances, ils se côtoyaient sans goût ni personnalité dans un désordre de catalogue Pier Import, créant un léger malaise, comme si l'appartement n'avait pas été occupé vraiment, seulement encombré dans l'attente d'un déménagement.

« Plutôt sympa », fit-il avec une moue appréciative, jouant négligemment avec quelque chose de tiède et de fluide rencontré sous ses doigts.

« Bunny ? C'est toi ? »

Une porte s'ouvrit et Marie-Paule apparut, la tête enturbannée d'une serviette-éponge, le reste du corps à peu près nu. En découvrant Beaujeu, elle s'arrêta net.

« Philippe ? Qu'est-ce que tu fais là ? »

Il s'était dressé, comme mû par un ressort.

« Marie-Paule ? Je... Tu étais là ?

— Bien sûr que j'étais là. Il me semblait bien

aussi avoir entendu du bruit. Ça fait longtemps que tu es entré ?

— Une minute à peine, bredouilla-t-il, pointant ses yeux exorbités vers le dos de Bunny pour signifier qu'il ne pouvait parler. Une petite visite de courtoisie.

— 'lut, Marie, grogna Bunny. Plus une place dans ton frigidaire. Qu'est-ce que je fais de la viande ?

— Quand je suis sous la douche, je n'entends rien, dit Marie-Paule en tirant le drap de bain sur ses genoux. Ma petite culotte. Merci. Je la cherche depuis une heure », ajouta-t-elle, prenant des mains de Beaujeu la petite chose soyeuse qu'il tortillait pour se donner contenance.

« Je me demandais où j'avais pu la fourrer, continua-t-elle tandis qu'il rougissait jusqu'aux oreilles. Impossible d'avoir de l'eau chaude. Je rêvais d'un bain brûlant avec des millions de bulles de mousse. Tu n'as pas oublié l'ananas, Bunny ? »

Elle avait des pieds larges, aux orteils très courts, et qui laissaient sur le plancher de petites empreintes humides et rondes de moule à sable.

« Tu restes dîner, bien sûr ? cria-t-elle à l'adresse de Beaujeu depuis la cuisine. Je fais des paupiettes de veau à l'ananas. Le temps de trouver ce fichu soutien-gorge.

— Au frigidaire, peut-être », plaisanta-t-il. Puis, sa plaisanterie tombant à plat (Bunny ne devait pas être cinéphile) : « C'est charmant chez toi, ajouta-t-il avec entrain.

— Tu trouves ? Je crois que je vais déménager au printemps. Les fenêtres de l'immeuble donnent sur un hôpital. C'est plein de petits vieux appareillés qui me regardent faire pipi, la bouche ouverte, avec leur tube de trachéotomie qui crachote.

— Marie a toujours eu beaucoup d'imagination, nota Bunny avec philosophie. Tu n'as qu'à tirer le store.

— J'ai envie de faire ce que je veux quand je suis chez moi.

— Et ton allergie ? s'enquit Beaujeu.

— Envolée. Philippe est un collègue de boulot, expliqua Marie-Paule. À propos, je n'ai pas fait les présentations. Philippe, c'est Bunny. Bunny, Philippe.

— Nous avons déjà fait connaissance, lança le collègue de boulot avec l'impression d'avoir été touché par un direct au foie. Je peux aider à faire quelque chose ?

— Tant pis, pas de soutien-gorge, dit Marie-Paule en traversant la pièce. Servez-vous quelque chose pendant que je m'habille. »

Il tenta de la retenir.

« Est-ce que tu es devenu fou ? murmura-t-elle. Que viens-tu faire ici ?

— Elle a toujours adoré se balader à poil, dit Bunny, sortant à son tour de la cuisine. Bon Dieu, descends ce store, Marie. Elle va nous faire claquer un petit vieux un de ces jours. »

Il ouvrit le battant d'un coffre à ferrures espagnoles, en tira quelques bouteilles poisseuses dont il flaira le contenu.

— Qu'est-ce que je t'offre ? Il reste de la tequila si ça te dit. Marie n'est pas très riche en apéros.

— Tequila, parfait. Juste une goutte.

— C'est une bouteille qu'un copain m'a rapportée du Pérou, dit Marie-Paule en revenant, moulée dans une robe en stretch si collante qu'un soutien-gorge aurait paru de toute façon un accessoire facultatif. En fait, c'est un copain de Bunny. »

Beaujeu ne put s'empêcher de jeter un regard compatissant au pauvre Bunny. Il n'y avait pas que les vieillards de l'hôpital d'en face que l'impudeur de Marie-Paule devait retourner. Cette robe ne l'habillait pas : elle dessinait seulement sa silhouette telle une ombre chinoise. Ce n'était pas une épreuve à imposer à un copain, même à un casse-pieds comme Bunny, avec sa veste de laine et sa casquette, qui feuilletait des disques sans vergogne.

« Du Mexique, corrigea ce dernier. Jeannot est un fou de maracas et de chili con carne. Bon sang, tu ne m'avais jamais dit que tu avais ce truc fabuleux des Platters ! »

Qu'est-ce que tu fais là ? demandait le regard interrogateur de Marie-Paule. Pourquoi es-tu venu ? Beaujeu eut un geste d'impuissance en direction de Bunny. Tant qu'il serait là, couché sur le tapis à chantonner en play-back, impossible de parler.

Il avait les avant-bras extraordinairement poilus,

nota Beaujeu avec dégoût. Ce n'était pas le type antipathique, d'ailleurs, avec sa bouille de personnage de dessin animé, son pantalon de survêtement tombant qui révélait l'élastique de couleur de son slip. Plutôt le genre collant et débrouillard, qui répare les étagères et peut rétablir l'électricité d'une fille seule quand les plombs ont sauté.

« Je me demande comment tu peux avaler ça, fit Bunny avec une grimace, se resservant un grand verre de Coca.

— Question d'habitude, plastronna Beaujeu. Est-ce de la tequila ou du mescal que boit le consul dans *Au-dessous du volcan* ?

— Peux pas te dire. En fait, je regarde rarement la télé. Téléphone, Marie... Ce doit être pour toi. »

Marie-Paule attrapa le combiné qu'elle emporta dans la cuisine.

« Un peu de sport, le dimanche soir, ou la Formule 1. De toute façon, les émissions intéressantes passent toujours trop tard.

— C'est un roman, dit Beaujeu en finissant la bouteille.

— Je lis assez peu. *L'Équipe*, le lundi, pour les résultats du week-end. Des bouquins de psycho aussi. Tu enseignes quoi ?

— Non, non, maman... Bien sûr que tu ne me déranges pas, disait la voix lointaine de Marie-Paule. Je t'entends mal, c'est tout...

— Le français », s'excusa Beaujeu.

L'alcool lui procurait une douce euphorie. Il

avait gardé son manteau, ce qui l'amusa subitement.

« Quelques centimètres, à peine... Ils exagèrent toujours aux informations... C'est déjà tout fondu...

— Tu me croiras si tu veux, je lis toujours *La Chèvre de M. Seguin.* Ne rigole pas. Je t'assure, quand elle se fait boulotter à la fin, je chiale comme un môme. Tu en reveux une goutte ? Merde, il n'y en a plus. Attends, je vais te trouver autre chose.

— Je sais, maman... Je t'assure que tout va bien... Pourquoi veux-tu absolument qu'ils chauffent par le sol ?

— Mon problème, tu vois, *man*, ça a toujours été l'orthographe. Les jeunes d'aujourd'hui, ils savent pas la chance qu'ils ont. Avec la réforme, je veux dire.

— Merci, merci ! À peine un doigt. J'ai assez bu comme ça. Qu'est-ce que c'est ?

— Campari. Remarque bien, le mec qui écrit *nénufar* avec un *f*, réforme ou pas, il passera toujours pour un con. Moi, par exemple, je suis kiné. Tu veux me dire à quoi ça me sert, l'orthographe, pour secouer la cellulite des gens ?

— Kiné ? répéta Beaujeu avec un petit rire hystérique.

— C'était ma mère, dit Marie-Paule sombrement, tirant derrière elle le fil du téléphone.

— Assieds-toi, Marie. On parlait d'école avec ton copain.

— Ah oui ? fit Marie-Paule en regardant Beaujeu fixement.

— Je ne suis pas un intello comme vous deux, moi. Remarque, ça ne m'a pas empêché de passer mes exams.

— Oh, l'école n'a jamais été la panacée, articula Beaujeu. Et puis, je fais lettres modernes », précisa-t-il sans raison.

« Panacée », dans sa bouche, formait une bouillie savoureuse qu'il laissa fondre avec délectation.

« Je t'en prie, Bunny. Épargne-nous le couplet du gentil manuel qui a réussi.

— Qu'est-ce qui t'arrive, Marie ? C'est ce coup de fil qui t'a mise de mauvais poil ?

— Je déteste que tu te fasses passer pour un imbécile, c'est tout.

— À imbécile, imbécile et demi, dit Beaujeu en levant un index sentencieux.

— Zut ! Huit heures et quart. Je vais manquer les infos. Ça t'ennuie pas, Marie ?

— Viens m'aider, Philippe. Je vais préparer le repas. »

Elle se leva, décroisant ses longues jambes sur lesquelles le stretch remontait sournoisement. Sa posture assise avait laissé au-dessus de son genou droit, rond et satiné, une barre suffusée d'un rose brûlant.

Beaujeu la suivit à la cuisine. C'était une petite pièce carrelée de jaune, ouvrant sur la cour intérieure par une fenêtre au verre grumeleux. Des meubles en contreplaqué, éraflés de longues estafilades, pendaient de guingois. Sur l'un d'eux, la porte manquait. Elle fourragea bruyamment dans la vaisselle, étalant ustensiles et ingrédients comme si elle avait voulu se venger sur eux du délabrement des lieux.

« Ne reste pas là sans rien faire, dit-elle avec brusquerie. Excuse-moi, je ne sais plus ce que je fais. Bunny, s'il te plaît, est-ce que tu peux baisser le son de la télé ? Tiens, l'ouvre-boîtes est là. »

Elle appuya sa hanche contre son entrejambe pour ouvrir un tiroir, attrapa un tablier qu'elle lui passa autour du cou.

« Ne va pas te tacher avec le jus des ananas », dit-elle plus gentiment.

Est-ce que l'alcool diminuait les facultés sexuelles ? se demanda Beaujeu en s'emparant du barbare instrument de métal rouillé. Il n'aurait pas dû reprendre de l'apéritif. La pince dérapait sur les bords de la boîte, on aurait dit qu'il poursuivait un crabe sur la surface luisante de la table.

« Pourquoi es-tu venu ? murmura Marie-Paule, profitant de leur isolement pour lui arracher à moitié le lobe de l'oreille avec ses dents.

— Écoutez, c'est crevant ! Le pape s'est cassé la gueule en descendant d'avion à Kuala Lumpur !

— Aïe ! Arrête, tu me fais mal ! J'ai quitté Catherine, Marie-Paule.

— Qu'est-ce que tu dis ? Baisse un peu, Bunny, tu veux bien ? »

Elle échappa au mouvement imprécis par lequel il tentait de saisir sa bouche.

« Je fais des paupiettes à l'ananas. J'espère que tu aimes le mélange sucré-salé.

— Est-ce qu'il ne va jamais partir ? gémit Beaujeu en désignant la porte. Je viens vivre avec toi, Marie-Paule.

— Pas comme ça. L'ouvre-boîtes dans l'autre sens. Tu es saoul, Philippe. Merde, Bunny, baisse cette fichue télé !

— C'est la pub. Ils augmentent exprès le son comme des malades, je te jure.

— Il y a de la pub pendant le journal, maintenant ? Je n'y comprends rien, Philippe. Ma mère qui téléphone pour me rendre dingue, toi qui débarques, l'autre qui met sa télé... Laisse, tu vas finir par te couper. Assieds-toi là et ne fais plus rien, d'accord ? Bunny ! Où sont passées les escalopes ? »

Il grimpa dignement sur le tabouret de bar qui tanguait, les mains croisées sur son tablier.

« Écoute, Marie-Paule...

— Étagère du haut ! criait Bunny. Franchement, c'est dégueulasse. Ils passent de la pub pour Canard W.-C. à l'heure où les gens mangent.

— Il faut que nous parlions, Marie-Paule. Est-ce qu'on ne peut pas aller ailleurs ? »

La télévision s'éteignit subitement et Bunny fit irruption dans la cuisine, les bras écartés.

« Laissez, je m'occupe de tout.

— Toi, articula péniblement Beaujeu en le visant de son index, toi, on ne t'a rien demandé à toi.

— Écoute, Bunny, s'il te plaît. J'essaie désespérément d'avoir une conversation avec Philippe.

— Il est rond ou quoi ? Eh *man*, tu saignes. Tu t'es coupé l'oreille avec ton ouvre-boîtes ? Sans déconner, Marie, il a l'oreille qui saigne.

— D'abord, je t'interdis de l'appeler Marie. Et puis je saigne quand ça me chante », beugla Beaujeu, se redressant avec effort.

Une violente nausée le saisit. Il tenta d'agripper le coin d'un meuble, le manqua.

« Je crois que je vais me sentir mal », murmura-t-il.

À cet instant précis, un pied du tabouret dérapa traîtreusement. Beaujeu pivota sur lui-même, battit l'air de ses bras, avant de s'effondrer d'un seul coup dans un sifflement rauque, entraînant derrière lui un déluge de casseroles et d'assiettes.

« Merde. Merde. Il a dû se faire mal », gémit Bunny.

Ce furent les derniers mots que Beaujeu entendit. Il sombra derrière un épais brouillard coloré où les sons s'étouffaient avec un chuintement délicieux, comme un pick-up qu'on vient de débrancher.

« Philippe... Philippe... »

La voix était douce, inquiète. Il tenta d'ouvrir les paupières, les referma aussitôt. Une barre lui écrasait le front. Se reposer quelques instants, voilà juste ce dont il avait besoin. S'endormir au son de cette voix. Après, il serait d'attaque, revivifié, prêt à repartir pour toute la nuit.

« Quelle heure est-il ? murmura-t-il.

— Presque dix heures. Tu te sens mieux ? »

Il grogna. Peu à peu, il reprenait conscience de son corps. Il était allongé, bras en croix, le menton reposant contre le col rêche de son manteau. Sa tête semblait dissociée de son propre cou, étrangement lourde, une boule de bilboquet échappée de son axe.

« Tu m'as fait une sacrée peur. Tu es sûr que ça va mieux ? »

Il remua les muscles de son cou : sa tête bougeait. Il chercha à se redresser, fut saisi d'un brusque vertige, et retomba lourdement sur le matelas. La couche nuptiale, songea-t-il avec dérision.

« Reste tranquille. Repose-toi. »

La main qu'elle avait posée sur sa poitrine était fraîche à travers la chemise. Elle était penchée sur lui, fluette soudain dans sa robe noire trop courte, ses cils interminables battant très vite autour de l'arête byzantine de son nez. À côté d'elle, une petite lampe à abat-jour chinois projetait des cercles bleutés, éclairant la ligne pure de son menton.

Il tendit la main vers elle.

« J'ai vraiment eu peur, murmura-t-elle, frottant sa joue contre sa paume à la façon d'un chat. Tu aurais pu t'assommer, te faire très mal. En fait, tu *t'es* assommé.

— Ça va beaucoup mieux, la rassura-t-il. Je suis navré. Je n'aurais pas dû boire autant. »

Elle rapprocha son visage du sien, ses boucles touchant presque les lèvres de Beaujeu. Ses cheveux sentaient le shampoing à l'argile, une odeur fade, vaguement écœurante.

« Pourquoi es-tu venu, Philippe ? Pourquoi ce soir ?

— J'ai quitté Catherine, Marie-Paule. Je croyais que tu l'avais compris. Je viens vivre avec toi. »

Elle se recula imperceptiblement. Elle avait de beaux sourcils sensibles, un arc plein, dense et fourni, Beaujeu le nota tout à coup, tandis qu'une association d'idées involontaire le ramenait à une autre partie de sa personne, cet écusson noir et soyeux dont ils semblaient le rappel thématique.

« Tu es fou, articula-t-elle. Complètement fou.

— Je viens vivre avec toi, Marie-Paule, répéta-t-il. J'ai essayé de te le dire depuis le début.

— C'est absurde ! Je ne t'ai jamais demandé de quitter ta femme ni de vivre avec moi ! Regarde-moi, Philippe : tu ne l'as pas vraiment quittée ? Tu n'as pas fait ça ?

— Je croyais, balbutia-t-il. Notre déjeuner à midi. C'est toi-même qui disais...

— Jamais je n'ai voulu que tu viennes t'installer ici, Philippe. Jamais je n'ai rien dit de semblable. »

Il prit sa tête entre ses mains, frottant son crâne douloureux.

« Tu ne comprends pas, Marie-Paule. Je l'ai fait pour toi.

— C'est *toi* qui ne comprends pas. J'avais seulement envie d'une aventure, Philippe, rien de plus ! Qu'est-ce que tu es allé t'imaginer ? Je croyais que tout était clair entre nous. Jamais je n'ai eu l'intention de t'enlever à ta femme ou à tes enfants. »

Un spasme acide lui tordit l'estomac. Il avait un creux au milieu du ventre, la tête vide. Un peu de sueur séchée collait ses cheveux sur les tempes, tirant la peau de son crâne.

« C'est à cause de ce lapin de dessin animé, c'est ça ? fit-il en se redressant péniblement. C'est avec lui que tu regardes des films japonais, maintenant ? »

Il remit un peu d'ordre dans ses vêtements, dégrisé subitement.

« Bunny est kiné, Philippe. Je t'ai parlé de lui à Venise.

— Tu t'envoyais déjà en l'air avec lui ? Avec ce type qui ne sait pas aligner trois mots de français à la suite ?

— Bunny habite ici. C'est avec lui que je vis.

— Bravo, encaissa Beaujeu. De mieux en mieux. Elle vit avec Bunny. Moi qui croyais au mythe de la fille seule, indépendante, toujours libre et disponible. L'amazone couche avec un masseur pour vieilles dames. Je suis vraiment le dernier des imbéciles. »

Il regardait l'abat-jour en papier crépon, le plafond écaillé, les vêtements d'homme empilés sur une chaise. Sur la tablette de chevet, un extenseur à poignées de bois rouge ressemblait à l'un de ces accessoires de sex-shop pour touristes japonais.

« Depuis quand devrais-je te rendre des comptes ? C'est ma vie, Philippe, elle m'appartient. Tu n'as aucun droit sur moi. Pourquoi es-tu inutilement méchant ?

— Ce type poilu comme un chimpanzé... Et moi qui me flattais de te plaire. C'est vraiment trop grotesque.

— Arrête, Philippe. Je t'en prie, arrête. Comment aurais-je pu savoir que tu allais faire cette chose stupide ? »

Il dégagea son bras avec brusquerie.

« J'ai mal à la tête, Marie-Paule. Cette conversation est ridicule. Je suis ridicule. Je rentre chez moi. »

Elle le tirait par le manteau, excédée et pathétique tout à la fois, la robe retroussée jusqu'au haut des cuisses dans l'effort qu'elle faisait pour le retenir.

« Ne pars pas comme ça. Bunny n'a rien à voir avec mon désir pour toi. Passons la nuit ensemble, si tu veux. Je n'ai qu'à lui dire, il comprendra. »

Beaujeu eut un petit rire sarcastique.

« Les trois huit ? Très peu pour moi. Je n'ai pas sa largesse d'esprit. Je suis platement sentimental, vois-tu. Un petit-bourgeois grotesque et parfaitement conventionnel. Je m'étais fait des idées, un point c'est tout. La situation est assez humiliante comme ça. Maintenant, laisse-moi passer. »

Elle le repoussa avec violence sur le lit. La colère décuplait ses forces.

« Et zut ! Tu es vraiment trop con, mon pauvre Philippe. Qu'est-ce que tu croyais ? Que je n'attendais que le bonheur d'être la nouvelle Mme Beaujeu ? La danseuse qu'on épouse ? Excuse-moi, ça n'est pas du tout mon style ! Tu débarques chez moi sans prévenir, tu me fais la leçon. Merde ! Qu'est-ce que tu crois ?

— Tu as raison, approuva-t-il, je dois être con. Tu es la deuxième personne qui me dit ça aujourd'hui. Vous êtes tellement lucides quand il s'agit de moi ! Tellement perspicaces ! À qui le tour maintenant ? Appelle Bunny, que la fête soit complète. J'ai hâte qu'il m'explique qui je suis. Qu'il amène ses bouquins de psycho, ses théories transactionnelles. Tout ça est tellement risible !... Tiens, ton soutien-gorge », ajouta-t-il en se relevant, agitant sous son nez le mince ruban à bonnets de dentelle, aussi léger qu'une lanière de fronde.

Elle le lui prit des mains, le jeta à l'autre bout de la pièce avec irritation avant de passer ses doigts ouverts dans ses cheveux, secouant la tête comme si elle cherchait à se réveiller d'un mauvais cauchemar. Beaujeu contourna le lit, empoigna sa serviette sans un mot.

« Tu t'en vas ?

— Nous nous sommes tout dit, non ? fit-il d'un ton glacial. Je n'ai aucun goût pour les scènes de ménage. Surtout avec toi. Je laisse ça au chimpanzé.

— Salaud, murmura-t-elle, accusant le coup. Tu n'as pas besoin d'être mufle avec lui. Il n'y est pour rien. »

Il la dévisagea, un rictus sur la bouche. Le désarroi de Marie-Paule le laissait indifférent. Elle n'avait plus rien de la femme provocante qui l'avait hanté, qui jouait de son désir, de son inexpérience. Pieds nus dans cette chambre minable, elle n'était plus Marie-Paule. Seulement une petite fille au corps précocement épanoui serré dans une robe de mauvais goût, qui se tordait les bras et écrasait ses seins trop ronds. Pas même attendrissante, songea-t-il, juste pitoyable, et n'éveillant en lui qu'un mauvais désir d'acharnement et de revanche.

« C'est trop bête, dit-elle enfin. Pourquoi nous dire toutes ces horreurs ? Reste au moins dîner. Ne nous séparons pas comme ça, Philippe. »

Il boutonna son manteau sans répondre, ne se retourna pas quand elle fit mine de le suivre jusqu'à la porte d'entrée. Tout était consommé. Sortir dignement, se dit-il, mesurant son pas vacillant. Ne pas donner l'impression qu'il se sauvait.

« C'est trop bête, Philippe », murmura-t-elle encore derrière son dos.

Il haussa les épaules et, sans un mot, s'enfonça dans l'obscurité.

Sur le palier du troisième, il manqua renverser Bunny. Il l'écarta d'un coup d'épaule, laissant l'autre agiter quelque chose dans un sac en papier.

« Qu'est-ce que tu fais ? Reviens, *man* ! J'ai trouvé du pinard ! »

Le fracas d'une poubelle renversée, puis le bruit de la porte claquée sur la rue.

« Le con, dit Bunny. Le con. Il a failli la casser ! Du gris de Boulaouane ! »

23 h 30
Extinction des feux

« *Choucroute, Monsieur ? Fruits de mer ? Menu gastronomique ?* »

Il ne pleuvait plus. Devant la porte à tambour d'une brasserie, un homme faisait la retape, détachant chaque syllabe comme s'il s'était agi de mots étrangers.

Beaujeu passa, très raide, la narine émue d'une vivifiante odeur de chou, de charcuterie et de marée. Par les vitres embuées, on devinait de petits rideaux froncés sur des tringles de cuivre, des vitraux multicolores, des nappes rouges entre lesquelles circulait une armée de serveurs chargés de plats fumants, des dîneurs attablés. « Soupers d'après spectacle », lut-il avec un pincement à l'estomac. Ses jambes flottaient, il avait le ventre vide, un goût métallique dans la bouche. Le grand air lui faisait légèrement tourner la tête, donnant à sa démarche l'air hésitant d'un touriste égaré. Il gagna la borne d'appel des taxis, alluma une cigarette qui le fit tousser, la jeta sur la chaussée luisante où elle grésilla un instant avant de s'éteindre.

Il n'avait jamais été plus humilié de toute sa vie. Ses membres étaient douloureux, sciés à l'endroit des genoux et des coudes. Et cependant, il ne souffrait pas. Il se sentait hagard, moralement anesthésié. Sa conscience avait quitté son cerveau pour refluer tout entière dans la bosse qu'il s'était faite en tombant. Une petite boule dure, de la taille d'un œuf de pigeon à la base de la nuque, qu'il tâtait avec précaution, comme si son être s'était trouvé concentré dans une pelote d'envoûtement vaudou, un foyer d'élancements qui l'accaparait et l'empêchait de penser.

Il n'avait plus qu'un désir : quitter cet endroit. Des taxis tournaient à plein, un manège incessant, presque vertigineux. Il avait beau gesticuler, agiter sa serviette, se jeter devant les phares, ils passaient sans s'arrêter, projetant vers ses chaussures de larges gerbes d'eau, une vague de mépris envers sa condition nocturne de piéton. Il sentait, dans son dos, le regard goguenard du portier. Un couple passa, une fille très jeune et un grand Noir, bras dessus bras dessous, qui s'embrassaient avec des éclats de rire. Parvenus à sa hauteur, ils firent un écart, se séparant pour s'enlacer un peu plus loin.

« Il va où, le chef ? » demanda le chauffeur qui s'arrêtait devant lui.

Beaujeu donna son adresse, s'effondra plus qu'il ne s'assit sur la banquette arrière. « *Ce véhicule est équipé d'un appareil de mesure électronique régulière-*

ment visé par la préfecture », disait l'affichette sur la vitre. Plus rien ne pouvait lui arriver maintenant. Il suffisait de s'abandonner. C'était fini.

« Alors, chef, on s'en est payé ? »

Les yeux démesurément agrandis du chauffeur le fixaient dans le rétroviseur. Sur son crâne chauve et poli roulaient les lumières des lampadaires.

« Remarquez, vous avez bien raison. De passage, hein ? Je dois avoir un don ou quelque chose : je reconnais le client au premier coup d'œil. Robert, j'ai dit, voilà un petit monsieur qu'est pas d'ici et qui vient de se payer une bringue à tout casser. Remarquez, ça sert dans le métier. Avec toute cette racaille qui traîne dans les rues... »

Il semblait à Beaujeu qu'il s'échappait lentement d'un cauchemar. La voiture sentait la sueur, le déodorant bon marché et le rénovateur de plastique. Des médailles votives cliquetaient sous le rétroviseur, mélangées à de petites peluches de fête foraine. Les lumières de Clichy disparaissaient dans la lunette arrière. C'était une coque, un abri. Plus rien ne pouvait l'atteindre.

« Taxi, ça n'est plus comme avant. Dans le temps, je faisais la journée. Mais avec toutes ces taxes, les impôts, je préfère la nuit. Plus dangereux, mais ça rapporte mieux. D'ailleurs, j'ai Sultan. Pas vrai, le chien ? Dis bonjour au monsieur, Sultan. »

Sur le fauteuil passager, une tête se dressa.

« Berger allemand, expliqua le chauffeur. Pas

méchant, mais ça dissuade. Et puis, il me tient compagnie. »

Le chien coula vers Beaujeu la lumière de ses yeux jaunes avant d'enfouir à nouveau le museau entre ses pattes.

« Et vous, si c'est pas indiscret. Vous faites quoi dans la vie ?

— Prof, dit Beaujeu.

— Mon beau-frère aussi est dans l'enseignement. Dresseur pour chiens. Je lui amène Sultan le dimanche. Il leur apprend à marcher au sifflet et à attaquer l'homme. Attention : juste pour se défendre, hein ! Faut pas rigoler avec leurs lois : le chien vous bouffe un Arabe et c'est vous qui allez en tôle. Des fois, on croit rêver. »

Le périphérique, déjà. Comme tout allait vite. Ce taxi qu'il s'était refusé à l'aller (ne pas écorner la pension alimentaire qu'il verserait à Catherine) le protégeait des autres hommes. Comment avait-il pu supporter la promiscuité du métro, les couloirs sordides et bondés, l'odeur, l'atroce odeur humaine ? Il revenait vers sa banlieue coquette, vers son appartement moderne, joliment décoré par les mains habiles de Catherine, avec les napperons immaculés sur les tables, les bibelots rapportés de voyage, les meubles de famille. Par quelle aberration avait-il voulu quitter tout cela ?

« Remarquez bien, ça ne m'arrange pas. Mes bases, voyez-vous, c'est plutôt du côté de la porte de Pantin. Bah ! vous avez l'air sympa, faut bien dépanner les clients. Des fois, on rentre à vide. Pas le droit de charger en banlieue, qu'ils disent. Alors le retour est pour notre pomme. C'est la loi, il faut bien que tout le monde travaille. Moi, si je trouve un pékin qui rentre sur Paris, autant vous dire que je le charge. Et puis quoi encore ! Je vais me gêner. Des fois, on tombe sur un inspecteur qui nous fait marron. Que voulez-vous ? Faut prendre des risques dans la vie, que je dis. »

Pourquoi se serait-il senti humilié ? Marie-Paule n'avait jamais été son genre, il l'avait su immédiatement. Cette robe grotesque qu'elle portait, si collante, cette façon de se promener nue. Il s'était laissé griser par ses sens, avait fait une victime facile pour ce genre de chasseresses sans scrupules, s'était enflammé pour sa féminité épanouie et racoleuse. Pouvait-il honnêtement se reprocher d'ignorer tout d'un monde où il existait des Bunny ? Il était un intellectuel, une nature pétrie de candeur et d'idéal, un être trop imaginatif sur lequel il était facile d'avoir prise. Avec cet instinct des femmes, elle avait deviné cette naïveté, s'était jouée de lui, de son indécision, de son irréalisme, flattée sans doute de l'ascendant qu'elle exerçait sur lui, de son pouvoir sur un homme de quinze ans plus âgé qu'elle. C'était arrivé à plus d'un. Il ne s'était pas méfié, voilà tout.

L'essentiel était sauf : il avait su se ressaisir à temps. Après tout, il existait une sorte d'hommes à qui la vie n'était pas promise, des spectateurs éternels, mieux faits pour observer leurs semblables que pour les complications de l'existence. Il s'en relèverait, un peu meurtri sans doute, mais satisfait d'être allé jusqu'au bout. Il n'avait pas refusé l'obstacle : il l'avait seulement affronté sans préparation, avec l'innocent enthousiasme du débutant, mesurant à l'instant du saut combien était haute la barre et dérisoire la frénésie de sa tentative

« À partir de là, vous me guidez, hein. Sorti des grands axes, on se perd vite dans ces banlieues. Notez, j'ai un plan. Mais comme je dis toujours : le client est roi. S'il a un itinéraire préféré, je ne vois pas pourquoi je ne lui ferais pas plaisir. On est humains, nous, les artisans. C'est pas comme avec les grosses compagnies. Ils vous font bosser comme des nègres et ils vous fauchent tout le pognon.

— À gauche », dit Beaujeu.

Il rentrait chez lui. L'impression qui dominait, finalement, c'était le soulagement. Il aimait encore Catherine. Il ne l'avait peut-être jamais autant aimée qu'en cet instant. Et il avait voulu la quitter pour Bunny et une fille qui faisait des paupiettes avec de l'ananas en boîte...

Leur couple venait de traverser une épreuve dont il sortirait fortifié. Catherine n'en saurait jamais rien : ce n'était pas le genre de choses dont on pouvait parler avec elle. Il avait simplement passé la soirée avec Marlot, un dîner entre garçons un peu trop arrosé. Catherine comprendrait. Il fallait qu'elle comprenne. Il ne s'était pas marié pour rompre avec tous ses amis. Il avait encore droit à ces vestiges d'adolescence, n'est-ce pas ? D'ailleurs, elle dormirait. Comme à son habitude, elle avait dû prendre un cachet, ne bougerait pas une paupière quand il se glisserait dans l'appartement silencieux, ouvrirait le frigidaire pour se faire un sandwich. L'appétit revenait, c'était bon signe. Non, il n'avait pas à se sentir humilié. La vraie vitalité d'un couple se mesurait à ce genre de faux pas. Un tour rapide dans la chambre des filles, un baiser repentant sur leur front d'ange. Ne pas oublier de vérifier que Catherine avait bien mis une pièce dans la boîte de la petite souris. Il se coucherait à côté d'elle, ému par son corps chaud, préparant dans un demi-sommeil les mots qui décriraient sa soirée.

« On voit que c'est une banlieue bourge, dit le chauffeur, sifflant entre ses dents avec admiration. Porte de Pantin, ils ne décorent jamais autant. Des illuminations pareilles, ça doit vous coûter un paquet, question impôts locaux. »

Les fêtes de Noël approchaient. Sur la place, le sapin de la mairie avait le gigantisme d'une tour de trois étages. Dans quelques jours, ce serait les vacances. Ils prendraient le chemin de Carnac, se plongeraient avec délice dans l'ivresse des fêtes familiales. Il y aurait les parents de Catherine, Bob et sa femme, les enfants de Bob, le chien de Bob, la bûche rituelle décorée de nains en cire et de muguet fantaisie. Une nuit seulement et toute l'histoire ne serait plus qu'un lointain souvenir, une plaisanterie dont ils riraient sous cape avec Marlot (il lui raconterait l'essentiel, bien sûr), reprenant avec peine leur sérieux quand Catherine apporterait sur la table cette spécialité de paupiettes grand-mère qu'elle savait faire si bien.

« Aux pieds, Sultan. Voilà, chef. *Home sweet home*, comme disent les Anglais. Entre nous, ils nous emmerdent bien avec leur marché commun. Je ne sais pas ce qu'on attend pour leur foutre sur la gueule une bonne fois pour toutes. Remarquez, je dis ça, mais moi, la politique, hein... C'est deux cents balles. Je vous fais une petite fiche ?

— S'il vous plaît, dit Beaujeu en tirant son chéquier.

— Sérieux, ça m'a fait plaisir de discuter avec un type sympa. Si ça vous ennuie pas, je préférerais du liquide. Je mets combien sur la fiche ?

— Je suis inspecteur des impôts, dit Beaujeu avec le plus grand sérieux. Brigade de vérification des artisans indépendants. Vous ne voulez pas que je vous aide à frauder le fisc ? »

Le chauffeur se retourna, les lunettes en équilibre sur le nez, grimaçant un sourire incrédule :

« Sans blague ? Je croyais que vous m'aviez dit...

— On ne se promène pas avec un écriteau, dit Beaujeu en attrapant la fiche. Physionomiste comme vous êtes... Vous voulez voir ma carte ? »

Il se sentait guilleret tout à coup, ravi de prendre une juste revanche sur cette soirée sordide. Elle était là, sa force : dans les mots. La maîtrise des mots. Peu lui importait la vie. Les mots le rendraient toujours mille fois supérieur à tous les Bunny du monde, aux chauffeurs de taxi et aux circonstances. Les mots étaient son métier, la chair même de son existence. En eux se trouvait la source de toutes les vérités et de tous les mensonges. L'illusion et la consolation. Il tira son portefeuille avec une lenteur étudiée, plia la fiche qu'il rangea soigneusement dans la poche à soufflet, savourant cette petite victoire avant de descendre sur le trottoir.

« Merci pour la conversation, dit-il courtoisement. Et bon retour.

— Ça va connard, dégage, marmonna le chauffeur en se contorsionnant pour claquer la porte derrière lui. Aux pieds, Sultan. Ça m'apprendra à être aimable avec le client. »

Il démarra en trombe, laissant Beaujeu dans la rue chichement éclairée. Un halo gazeux flottait autour des lampadaires. La nuit était froide, le ciel d'un beau noir ouaté. Après l'agitation de Paris, le silence avait une épaisseur presque sidérante. Il ferait beau demain, songea-t-il avec satisfaction.

Il se voulait en paix, réconcilié avec lui-même. Cette journée, malgré son dénouement grotesque, était de ces cadeaux que vous accorde parfois la vie. Une parenthèse inattendue, qui avait failli mal tourner mais dont il revenait plus lucide, plein d'énergie retrouvée et de reconnaissance pour cette vie qu'il avait voulu fuir.

Désormais, se persuada-t-il, c'en serait bien fini des frustrations, des peurs nocturnes, de l'insomnie, de cette mélancolie vague qui avait formé jusque-là le fond de son caractère. Il était allé au-devant de son désir pour Marie-Paule, pourrait la retrouver le front haut : il avait crânement tenu sa place dans l'éternelle danse de séduction à laquelle se livrent les hommes et les femmes. L'expérience l'avait mûri. Indubitablement. Se voiler la face n'avait servi à rien. En allant vers Marie-Paule, il s'était libéré plus sûrement qu'après des semaines de désir torturant et de renoncement forcé. Quelques jours encore, il en était sûr, le temps que s'apaise la brûlure de l'humiliation, et Marie-Paule ne serait plus qu'un lointain souvenir, une aventure parmi d'autres de sa vie d'homme. Une preuve qu'il avait vécu. Pour l'heure, il retournait à Catherine comme si le reste n'avait été qu'un long détour sur le chemin de la maison, une fugue sans importance, rendue presque irréelle par la certitude de son impunité.

Devant la porte vitrée de l'immeuble, il fouilla dans ses poches. Le boîtier électrique, sous le parlophone, grésillait joyeusement. Il sortit ses cigarettes, son briquet, un ticket de métro usagé, les rempocha. C'est idiot, se dit-il en sifflotant. Qu'en avait-il donc fait ? Il déboutonna son manteau, tâta les poches de son pantalon, en retourna la doublure sans rien trouver qu'un mouchoir en papier, durci en une boule compacte par un passage dans la machine à laver.

Du calme, pensa-t-il. Réflexion et méthode. Il s'accroupit sur les dalles du hall, ouvrit son cartable, vidant un à un compartiments et soufflets, étalant autour de lui les feutres rouges, les copies, la calculette pour les moyennes, les livres d'exercices, retournant la serviette enfin vide et l'agitant comme un chapeau qu'on dépoussière, sans autre résultat que de répandre sur le paillasson une pluie de tabac et de moignons de craies.

Il fallait bien se rendre à l'évidence : il était minuit, Beaujeu était seul dans l'entrée déserte, à la porte de son propre immeuble, incapable de rentrer chez lui sans éveiller Catherine ni couper aux explications qu'elle ne manquerait pas d'exiger.

Le lourd trousseau qui déformait ses poches, trouait la doublure de sa veste et de son manteau (la clef de laiton trapue ouvrant la porte du hall, celle de la serrure Fichet à huit points de l'appartement, les deux clefs jumelles si difficiles à distinguer du garage et de la boîte aux lettres, le passe des portes coupe-feu, de la cave et du réduit à vélos), toutes les clefs de sa vie, il le découvrait brutalement, l'attendaient dans la salle des profs, oubliées sur une table cet après-midi-là dans la griserie d'une vie nouvelle qui commençait.

« Marie-Paule, gémit-il. Marie-Paule... »

Mais Marie-Paule dormait quelque part, lourde et chaude dans la nuit de Clichy, loin de V., si loin d'ici.

Javea, Paris,
juillet 1993-novembre 1994.

EMPLOI DU TEMPS

DU MÊME AUTEUR

Aux Éditions Gallimard

LE RIDEAU SUR LA NUIT, roman

UN AMATEUR EN SENTIMENTS, roman.

LE CABINET À ÉCLIPSES, roman.

LE DISCOURS DES ABSENTS, essai.

L'HOMME DU CINQUIÈME JOUR, roman.

Dans la collection Folio Junior

LE PROFESSEUR A DISPARU. *Illustrations de Serge Bloch, n° 558.*

ENQUÊTE AU COLLÈGE. *Illustrations de Serge Bloch, n° 633.*

SUR LA PISTE DE LA SALAMANDRE. *Illustrations de Serge Bloch, n° 753.*

P.P. CUL-VERT, DÉTECTIVE PRIVÉ. *Illustrations de Serge Bloch, n° 701.*

Dans la collection Lecture Junior

AGENCE PERTINAX. *Illustrations de Philippe Munch, n° 60.*

Dans la collection Page Noire

PAGES NOIRES. *Collectifs.*

Chez d'autres éditeurs

L'AFRIQUE INTÉRIEURE, *récit*, Arléa.

LA LETTRE ITALIENNE, *roman*, Belfond.

TOUS LES ANNIVERSAIRES, L'École des Loisirs

LA VISITE DE L'ÉCRIVAIN, L'École des Loisirs.

LE LIVRE DONT JE NE SUIS PAS LE HÉROS, L'École des Loisirs.

COLLECTION FOLIO

Dernières parutions

2728.	Nicolas Bréhal	*Les corps célestes.*
2729.	Jack Couffer	*Le rat qui rit.*
2730.	Romain Gary	*La danse de Gengis Cohn.*
2731.	André Gide	*Voyage au Congo* suivi de *Le retour du Tchad.*
2733.	Ian McEwan	*L'enfant volé.*
2734.	Jean-Marie Rouart	*Le goût du malheur.*
2735.	Sempé	*Âmes sœurs.*
2736.	Émile Zola	*Lourdes.*
2737.	Louis-Ferdinand Céline	*Féérie pour une autre fois.*
2738.	Henry de Montherlant	*La Rose de sable.*
2739.	Vivant Denon	*Point de lendemain,* suivi de Jean-François de Bastide : *La Petite Maison.*
2740.	William Styron	*Le choix de Sophie.*
2741.	Emmanuèle Bernheim	*Sa femme.*
2742.	Maryse Condé	*Les derniers rois mages.*
2743.	Gérard Delteil	*Chili con carne.*
2744.	Édouard Glissant	*Tout-monde.*
2745.	Bernard Lamarche-Vadel	*Vétérinaires.*
2746.	J. M. G. Le Clézio	*Diego et Frida.*
2747.	Jack London	*L'amour de la vie.*
2748.	Bharati Mukherjee	*Jasmine.*
2749.	Jean-Noël Pancrazi	*Le silence des passions.*
2750.	Alina Reyes	*Quand tu aimes, il faut partir.*
2751.	Mika Waltari	*Un inconnu vint à la ferme.*
2752.	Alain Bosquet	*Les solitudes.*
2753.	Jean Daniel	*L'ami anglais.*
2754.	Marguerite Duras	*Écrire.*
2755.	Marguerite Duras	*Outside.*
2756.	Amos Oz	*Mon Michaël.*
2757.	René-Victor Pilhes	*La position de Philidor.*
2758.	Danièle Sallenave	*Les portes de Gubbio.*
2759.	Philippe Sollers	*PARADIS 2.*

2760.	Mustapha Tlili	*La rage aux tripes.*
2761.	Anne Wiazemsky	*Canines.*
2762.	Jules et Edmond de Goncourt	*Manette Salomon.*
2763.	Philippe Beaussant	*Héloïse.*
2764.	Daniel Boulanger	*Les jeux du tour de ville.*
2765.	Didier Daeninckx	*En marge.*
2766.	Sylvie Germain	*Immensités.*
2767.	Witold Gombrowicz	*Journal I (1953-1958).*
2768.	Witold Gombrowicz	*Journal II (1959-1969).*
2769.	Gustaw Herling	*Un monde à part.*
2770.	Hermann Hesse	*Fiançailles.*
2771.	Arto Paasilinna	*Le fils du dieu de l'Orage.*
2772.	Gilbert Sinoué	*La fille du Nil.*
2773.	Charles Williams	*Bye-bye, bayou !.*
2774.	Avraham B. Yehoshua	*Monsieur Mani.*
2775.	Anonyme	*Les Milles et Une Nuits III (conte choisis).*
2776.	Jean-Jacques Rousseau	*Les confessions.*
2777.	Pascal	*Les Pensées.*
2778.	Lesage	*Gil Blas.*
2779.	Victor Hugo	*Les Misérables I.*
2780.	Victor Hugo	*Les Misérables II.*
2781.	Dostoïevski	*Les Démons (Les Possédés).*
2782.	Guy de Maupassant	*Boule de suif et autres nouvelles.*
2783.	Guy de Maupassant	*La Maison Tellier. Une partie de campagne et autres nouvelles.*
2784.	Witold Gombrowicz	*La pornographie.*
2785.	Marcel Aymé	*Le vaurien.*
2786.	Louis-Ferdinand Céline	*Entretiens avec le Professeur Y.*
2787.	Didier Daeninckx	*Le bourreau et son double.*
2788.	Guy Debord	*La Société du Spectacle.*
2789.	William Faulkner	*Les larrons.*
2790.	Élisabeth Gille	*Le crabe sur la banquette arrière.*
2791.	Louis Martin-Chauffier	*L'homme et la bête.*
2792.	Kenzaburô Oé	*Dites-nous comment survivre à notre folie.*
2793.	Jacques Réda	*L'herbe des talus.*
2794.	Roger Vrigny	*Accident de parcours.*

2795. Blaise Cendrars — *Le Lotissement du ciel.*
2796. Alexandre Pouchkine — *Eugène Onéguine.*
2797. Pierre Assouline — *Simenon.*
2798. Frédéric H. Fajardie — *Bleu de méthylène.*
2799. Diane de Margerie — *La volière suivi de Duplicités.*
2800. François Nourissier — *Mauvais genre.*
2801. Jean d'Ormesson — *La Douane de mer.*
2802. Amo Oz — *Un juste repos.*
2803. Philip Roth — *Tromperie.*
2804. Jean-Paul Sartre — *L'Engrenage.*
2805. Jean-Paul Sartre — *Les jeux sont faits.*
2806. Charles Sorel — *Histoire comique de Francion.*
2807. Chico Buarque — *Embrouille.*
2808. Ya Ding — *La jeune fille Tong.*
2809. Hervé Guibert — *Le Paradis.*
2810. Martin Luis Guzman — *L'ombre du caudillo.*
2811. Peter Handke — *Essai sur la fatigue.*
2812. Philippe Labro — *Un début à Paris.*
2813. Michel Mohrt — *L'ours des Adirondacks.*
2814. N. Scott Momaday — *La maison de L'aube.*
2815. Banana Yoshimoto — *Kitchen.*
2816. Virginia Woolf — *Vers le phare.*
2817. Honoré de Balzac — *Sarrasine.*
2818. Alexandre Dumas — *Vingt ans après.*
2819. Christian Bobin — *L'inespérée.*
2820. Christian Bobin — *Isabelle Bruges.*
2821. Louis Calaferte — *C'est la guerre.*
2822. Louis Calaferte — *Rosa mystica.*
2823. Jean-Paul Demure — *Découpe sombre.*
2824. Lawrence Durrell — *L'ombre infinie de César.*
2825. Mircea Eliade — *Les dix-neuf roses.*
2826. Roger Grenier — *Le Pierrot noir.*
2827. David McNeil — *Tous les bars de Zanzibar.*
2828. René Frégni — *Le voleur d'innocence.*
2829. Louvet de Couvray — *Les Amours de chevalier de Faublas.*
2830. James Joyce — *Ulysse.*
2831. François-Régis Bastide — *L'homme au désir d'amour lointain.*
2832. Thomas Bernhard — *L'origine.*
2833. Daniel Boulanger — *Les noces du merle.*
2834. Michel del Castillo — *Rue des Archives.*

2835.	Pierre Drieu la Rochelle	*Une femme à sa fenêtre.*
2836.	Joseph Kesel	*Dames de Californie.*
2837.	Patrick Mosconi	*La nuit apache.*
2838.	Marguerite Yourcenar	*Conte bleu.*
2839.	Pascal Quignard	*Le sexe et l'effroi.*
2840.	Guy de Maupassant	*L'inutile beauté.*
2841.	Kôbô Abe	*Rendez-vous secret.*
2842.	Nicolas Bouvier	*Le poisson-scorpion.*
2843.	Patrick Chamoiseau	*Chemin-d'école.*
2844.	Patrick Chamoiseau	*Antan d'enfance.*
2845.	Philippe Djian	*Assassins.*
2846.	Lawrence Durrell	*Le carrousel sicilien.*
2847.	Jean-Marie Laclavetine	*Le Rouge et le Blanc.*
2848.	D.H. Lawrence	*Kangourou.*
2849.	Francine Prose	*Les petits miracles.*
2850.	Jean-Jacques Sempé	*Insondables mystères.*
2851.	Béatrix Beck	*Accommodements avec le ciel.*
2852.	Herman Melville	*Moby Dick.*
2853.	Jean-Claude Brisville	*Beaumarchais, l'insolent.*
2854.	James Baldwin	*Face à l'homme blanc.*
2855.	James Baldwin	*La prochaine fois, le feu.*
2856.	W. R. Burnett	*Rien dans les manches.*
2857.	Michel Déon	*Un déjeuner de soleil.*
2858.	Michel Déon	*Le jeune homme vert.*
2859.	Philippe Le Guillou	*Le passage de l'Aulne.*
2860.	Claude Brami	*Mon amie d'enfance.*
2861.	Serge Brussolo	*La moisson d'hiver.*
2862.	René de Ceccatty	*L'accompagnement.*
2863.	Jerome Charyn	*Les filles de Maria.*
2864.	Paule Constant	*La fille du Gobernator.*
2865.	Didier Daeninckx	*Un château en Bohême.*
2866.	Christian Giudicelli	*Quartiers d'Italie.*
2867.	Isabelle Jarry	*L'archange perdu.*
2868.	Marie Nimier	*La caresse.*
2869.	Arto Paasilinna	*La forêt des renards pendus.*
2870.	Jorge Semprun	*L'écriture ou la vie.*
2871.	Tito Topin	*Piano barjo.*
2872.	Michel Del Castillo	*Tanguy.*
2873.	Huysmans	*En route.*
2874.	James M. Cain	*Le bluffeur*
2875.	Réjean Ducharme	*Va savoir.*
2876.	Matthieu Lindon	*Champion du monde.*

2877. Robert Littell	*Le sphinx de Sibérie.*
2878. Claude Roy	*Les rencontres des jours 1992-1993.*
2879. Danièle Sallenave	*Les trois minutes du diable.*
2880. Philippe Sollers	*La guerre du goût.*
2881. Michel Tournier	*Le pied de la lettre.*
2882. Michel Tournier	*Le miroir des idées.*
2883. Andreï Makine	*La confession d'un porte-drapeau déchu.*
2884. Andreï Makine	*La fille d'un héros de l'Union Soviétique*
2885. Andreï Makine	*Au temps du fleuve Amour.*
2886. John Updike	*La parfaite épouse.*
2887. Defoe	*Robinson Crusoé.*
2888. Philippe Beaussant	*L'archéologue.*
2889. Pierre Bergounioux	*Miette.*
2890. Pierre Fleutiaux	*Allons-nous être heureux ?*
2891. Remo Forlani	*La déglingue*
2892. Joe Gores	*Inconnue au bataillon*
2893. Félicien Marceau	*Les ingénus*
2894. Ian McEwan	*Les chiens noirs*
2895. Pierre Michon	*Vies minuscules*
2896. Susan Minot	*La vie secrète de Lilian Eliot*
2897. Orhan Pamuk	*Le livre noir*
2898. William Styron	*Un matin de Virginie*
2899. Claudine Vegh	*Je ne lui ai pas dit au revoir*
2900. Robert Walser	*Le brigand*
2901. Grimm	*Nouveaux contes*
2902. Chrétien de Troyes	*Lancelot ou le chevalier de la charrette*
2903. Herman Melville	*Bartleby, le scribe*
2904. Jerome Charyn	*Isaac le mystérieux*
2905. Guy Debord	*Commentaires sur la société du spectacle*
2906. Guy Debord	*Potlatch.*
2907. Karen Blixen	*Les chevaux fantômes et autres contes.*
2908. Emmanuel Carrère	*La classe de neige.*
2909. James Crumley	*Un pour marquer la cadence.*
2910. Anne Cuneo	*Le trajet d'une rivière.*
2911. John Dos Passos	*L'initiation d'un homme.*
2912. Alexandre Jardin	*L'île des Gauchers.*

2954.	Shi Nai-An	*Au bord de l'eau I.*
2955.	Shi Nai-An	*Au bord de l'eau II.*
2956.	Marivaux	*La Vie de Marianne.*
2957.	Kent Anderson	*Sympathy for the devil.*
2958.	André Malraux	*Espoir – Sierra de Teruel.*
2959.	Christian Bobin	*La folle allure.*
2960.	Nicolas Bréhal	*Le parfait amour.*
2961.	Serge Brussolo	*Hurlemort.*
2962.	Hervé Guibert	*La piqûre d'amour et autres textes.*
2963.	Ernest Hemingway	*Le chaud et le froid.*
2964.	James Joyce	*Finnegans Wake.*
2965.	Gilbert Sinoué	*Le Livre de saphir.*
2966.	Junichirô Tanizaki	*Quatre sœurs.*
2967.	Jeroen Brouwers	*Rouge décanté.*
2968.	Forrest Carter	*Pleure, Geronimo.*
2971.	Didier Daeninckx	*Métropolice.*
2972.	Franz-Olivier Giesbert	*Le vieil homme et la mort.*
2973.	Jean-Marie Laclavetine	*Demain la veille.*
2974.	J.M.G. Le Clézio	*La quarantaine.*
2975.	Régine Pernoud	*Jeanne d'Arc.*
2976.	Pascal Quignard	*Petits traités I.*
2977.	Pascal Quignard	*Petits traités II.*
2978.	Geneviève Brisac	*Les filles.*
2979.	Stendhal	*Promenades dans Rome.*
2980.	Virgile	*Bucoliques Géorgiques.*
2981.	Milan Kundera	*La lenteur.*
2982.	Odon Vallet	*L'affaire Oscar Wilde.*
2983.	Marguerite Yourcenar	*Lettres à ses amis et quelques autres.*
2984.	Vassili Axionov	*Une saga moscovite I.*
2985.	Vassili Axionov	*Une saga moscovite II.*

Composition Euronumérique.
Impression Société Nouvelle Firmin-Didot.
le 18 août 1997.
Dépôt légal : août 1997.
Numéro d'imprimeur : 39246.

ISBN 2-07-040291-6/Imprimé en France.

81844